비탄

Une désolation

by Yasmina Reza

Copyright © 1999, Yasmina Reza
Korean Translation Copyright © Mujintree, 2018
All rights reserved.

This Korean edition was published by arrangement with Yasmina Reza through
Wylie Agency.

비탄

Une désolation

야스미나 레자 | 김남주 옮김

muʃintree
뮤진트리

■ 일러두기

- 이 책은 Yamina Reza의 《Une désolation》(Albin Michel, 1999)을 우리말로
  옮긴 것이다.
- 옮긴이 주는 본문에 '*'로 표기했다.
- 책 제목은 《 》로, 잡지 · 논문 제목은 〈 〉로 표기했다.

차례

알렉스에게 감사하며

정원, 내 모든 것.

사람들은 내게 말한단다, 당신에겐 좋은 정원사가 있는 모양이라고. 사람들 말이 내 정원사가 훌륭하다는 거야! 정원사는 무슨? 그냥 일꾼, 잡역부일 뿐이지. 시키는 대로 일하는 사람 말이야. 넌 이렇게 생각하겠지. 그 사람이 외바퀴 손수레를 몰고 일을 하지 않느냐고. 모든 일을. 사실 내가 모든 정원일을 해. 정원의 꽃들이 아름답다고 사람들은 내 아내 낭시에게 칭찬의 말을 건네지. 하지만 꽃의 색깔과 종류를 결정하고 심을 위치를 선택하고 씨앗과 구근을 사는 건 바로 나야. 그럼 낭시는 뭘 하느냐고?—낭시는 그 덕에 할 일이 생긴다고 넌 내게 말하겠지. 낭시는 꽃과 구근을 심어. 그리고 사람들의 칭찬을 받지. 사는 게 그렇단다. 쓸데없는 것에 찬사를 바치지.

그런데 너 내게 '행복'이란 게 도대체 무슨 뜻인지 좀 설명해주렴.

일요일마다 나는 네 누이에게 네 이야기를 한단다. 왜냐고? 난 그냥 사람들에게 네 이야기를 해. 내가 너에 관한 이야기를 하지 않는다고 넌 생각하겠지만 사실 난 네 이야기를 꽤 하는 편이야. 네 누이는 내게 네가 '행복'하다고 말하지.

행복하다고? 저번 날 르네 포르튀니 집에서 어떤 얼간이가 이렇게 말하더구나. "어쨌든 인생의 목적은 행복해지는 거죠." 집으로 돌아오는 자동차 안에서 내가 낭시에게 물었어. "그보다 더 진부한 말 들어본 적 있어?" 그 말에 낭시는 교묘하게도 이렇게 대답하더구나. "그럼 당신이 생각하는 인생의 목표는 뭔데…?" 그러니까 네 새엄마에게는 행복이 당연히 인생의 목표가 될 만한 거야, 알다시피 낭시는 행복을 인생의 목표가 될 만한 것으로 여기는 그런 사람들 중 하나란다.

최근 낭시가 무엇 때문에 나를 비난했는지 아니? 난 세탁실에 블라인드를 다시 설치하느라 사람을 불렀어. 수퍼마켓에서 흔히 살 수 있는 일본제 블라인드 기성품을 설치하는 데 그 친구가 얼마를 달랬는지 아니? 무려 1650프랑을 부르더구나. 내가 항의했지. 알다시피 난 내 돈을 도둑질당하고 싶진 않거든. 결국 그 도둑놈은 300프랑을 깎아줬어. 그런데 무엇이 낭시를 흥분하게 만든 줄 알아? 한 시간반의 입씨름 끝에, 그러니까 그만큼의 시간 낭비 끝에 고작 300프랑을 깎았다는 사실이야. 낭시가 어떤 논리로 날 비난했느냐고? 이렇게 묻더구나. 당신은 당신의 가치가 시간당 고작 300프랑이라고 생각해? 그렇게 말하면 내가 발끈 화를 내리라고 생각했겠지. 낭시가 날 비난하는 또 다른 이유가 뭔지 아니? 그 친구도 먹고 살아야 하지 않겠느냐는 거야. 낭시가 바로 이런 사람이라니까.

그러니까 넌 행복하다는 거지? 요컨대 사람들이 너에 대해 말할 때면 그 말을 빼놓지 않더구나.

너의 무위無爲, 너의 비생산성을 두고 사람들은 네가 '행복'하다고 해. 난 이 세상에 행복한 인간을 낳아놓은 거지.

이 기분 좋은 화단 한가운데에서 가벼운 만족감이라도 느끼려 애쓰는 딱한 처지의 내가 이 세상에 행복한 인간을 낳아놓은 거야. 그 누구보다도 네 엄마는 내가 전제적이라고, 특히 너에 대해 그렇다고 나를 비난하지. 지나치게 엄하다고, 두 번에 한 번은 부당한 꾸중을 했다고 비난받는 내 교육 태도의 결과가 오늘날 너라는 참으로 바람직하고 탁월한 결과로 나타나다니. 물론 나는 내 아들이 인생을 관조하는 인물이 될 줄은 몰랐지. 하지만 아버지로서 자식의 성공을 원하는 건 당연한 거 아니겠니?

네 누이가 나에게 네가 '행복'하다고 말하더구나. 그 애는 서른여섯 살이에요. 제가 산 아파트를 임대해서 나온 몇 푼 안 되는 돈으로 온 세상을 누비고 있어요. 온 세상을 누빈다, 사실을 직시하자….

내가 묻지. "도대체 그 애가 무슨 일을 하는데? 아침이면 그 애는 방갈로에서 나와 바다를 바라보겠지. 아름다워. 그래, 아름다워, 좋아. 그 애는 바다를 바라보지. 좋아, 7시 12분. 그 애는 다시 방갈로 안으로 들어가서 파파야 하나를 먹고 다시 밖으로 나오지. 여전히 아름다워. 8시 13분… 그 다음에는?"

그 다음에는 뭘 하느냐고? 거기서부터 넌 내게 '행복'이라는 말의 뜻을 설명해줘야겠다.

네 모습은 아주 보기 좋아. 뭄바사의 날씨는 화창하고. 네가 있는 곳이 뭄바사든 쿠알라룸푸르든 내게는 상관없어. 세부사항에 연연해하지 말자. 8시 13분 이후, 동양이든 서양이든 온 세상이 네 거지.

네게 경의를 표하지 않을 수 없구나, 얘야. 겨우 한 세대 만에 너는 내 삶의 원동력이던 유일한 신조를 깡그리 치워 버렸어. 내가 유일하게 두려워하는 게 있다면 그건 매일매일의 단조로움이란다. 이 치명적인 적으로부터 도망칠 수만 있다면 나는 지옥문이라도 기꺼이 열고 들어갈 거야. 그런데 이런 나에게 뉴칼레도니아 원주민 집에서 이국의 과일을 천천히 음미하는 아들이 있다니. 네 누이는 어리석게도 이렇게 말하더구나. 진리는 단 하나의 얼굴만을 갖고 있지 않다고. 하지만 나로서는 파파야를 먹는 사람의 형태로 나타난 진리란 게 뭔지 도무지 모르겠구나.

네게 혹시 초조해하는 기색, 불안해하는 기색이 있나 찾으려 해봐야 물론 소용없는 일이겠지. 내 생각에 너는 잠을 푹 잘 거야. 잘 자겠지. 이른 새벽까지 잠을 못 이루고 여기저기 어슬렁거리는 내 친구들 같은 부류가 아니겠지. 네게 혹시 쓸데없는 걱정거리나 이유 모를 불안정, 다시 말해서 불안의 흔적 같은 게 있나 하고 찾으려 해봐야 소용없는 일이겠지. 내가 너에 대해 걱정하는 이유를 네가 제대로 알

고 있는지조차 나로서는 확신할 수가 없어. 걱정거리라고
는 없는 너를 내가 걱정한다는 것, 너로서는 그런 내 걱정
을 내 편집증의 새로운 국면으로 여기겠지, 안 그러니? 넌
이렇게 생각할 거야, 어째서 아버지는 편히 쉬지 못하실까.
넌 혼자 중얼거리겠지, 아버지는 언제나 뭔가가 되려고 하
시지. 결코 만족할 줄 모르고 결코 느긋해지지 못하는 그런
삶이 무슨 의미가 있을까. 느긋해지다니! 낯선 단어로구나.
애야, 일단 행동의 맛을 본 사람은 일을 서둘러 끝내는 걸
꺼리는 법이란다. 왜냐하면 완결된 일만큼 서글프고 빛바
랜 것도 없으니까. 만일 내가 끊임없이 다른 뭔가가 되려고
애쓰지 않았다면 완결과 함께 찾아오는 울적한 기분에 맞
서 싸워야 했을 거야. 왜냐하면 나는 여자들이 흔히 그러듯
무슨 허세의 발작에 사로잡혀 그 일을 늦출 생각은 추호도
없었으니까 말이야. 네 나이에 나는 정복을 경험했지. 하지
만 더 중요한 것은 그때 이미 상실이 뭔지도 알고 있었다는
사실이야. 왜냐하면 내가 뭔가를 정복한 것은 결코 그것을
소유하기 위해서가 아니었거든. 난 어떤 사람이 되었든 간
에 거기에 머물려 하지 않았어. 그 반대였지. 일단 내가 어
떤 사람이 되었다면, 그 다음 순간 바로 그에게서 벗어나야

했지. 그게 누구이든 다음 차례에 될 바로 그 존재가 되어야 하는 거야, 얘야. 바람이 있어야 만족이 있으니까. 그런데 그런 내 자식이 야망이라고는 없이 사방으로 경탄이나 해대는 정체된 태평함 속에 머무는 것을 추구하다니. 요컨대 내가 행복을 공략할 엄두를 내지 않은 것은 아마도 행복이 아쉬움 없이는 떨어져 내릴 수 없는 유일한 상태이기 때문일 거야. 그래, 난 공략이라고 했어. 무슨 요새라도 공격하듯 말이다. 햇살 속에서 파파야나 먹으며 요새를 정복할 수는 없으니까. 행복을 스쳤던 경험은 극복할 수 없어. 그런데 넌 즉각 평화를 바라지, 딱한 녀석 같으니라고. 요컨대 평화를 말이야! 이 단어에 대해 내가 말해보마. 차라리 안식이라고 하는 편이 좋겠다. 너는 가능한 한 빨리 해초 같은 존재가 되길 바라. 어떤 정신적인 심취를 가장할 노력조차 하지 않아. 나라면 정신적인 심취 속으로 빠질 수 있을 거야. 내게는 무구함 같은 게 있거든. 그렇고말고. 넌 구릿빛으로 탄 몸을 하고 차분하게 웃으면서 돌아왔어. 그 전에는 보는 사람을 맥 빠지게 만드는 우편엽서를 두세 장 보내왔고 말이야. 사람들은 내가 기뻐할 거라고 생각하고 이렇게 말하더구나. 아드님은 '행복'하군요. 맙소사, 그런 말을 듣고 내가 기뻐할 거라고 생각하다니!

네가 어릴 때 개를 기르게 해달라고 석 달 동안 내게 졸라 댄 적이 있었어. 기억나니? 여러 달 동안 넌 나를 졸졸 쫓아 다니면서 질질 짜고 사정했어. 끊임없이 졸라댔지. 난 여러 차례 대답했지, 안 돼. 나는 분명히 말했지만 너는 포기하지 않았어. 그러다 어느 날 강아지가 햄스터로 바뀌더구나.

그러니까 넌 개를 쥐로 바꾼 거야. 나는 햄스터도 안 된다고 했어. 이윽고 물고기라는 말이 나오자 넌 그 이하로 내려갈 순 없었어.

네 엄마가 나를 설득해 네가 물고기 기르는 것을 허락하게 했지. 우리는 집에 수족관을 들였단다.

수족관을 들여놓으니까 행복하던? 난 네가 참 딱했단다, 얘야.

이 빌어먹을 앵초 보이지? 이 앵초들은 파를 말라죽게 한단다. 아무도 잡초를 뽑을 생각을 하지 않아. 등이 부러 져라 잡초를 뽑는 나 말고는 아무도 하는 사람이 없어. 낭 시의 말에 따르면 가정부에게 친절하게 대해야 한대. 낭시 가 말하는 친절은 그들에게 아무것도 요구하지 말라는 뜻이야. 최근 낭시는 내게 이렇게 말하더구나. 다시미엔토 부인이 우리집 일을 그만둔다고 하면, 나도 당신 곁을 떠날거야. 내가 다시미엔토 부인에게 좀 무뚝뚝하다는 걸 구실삼아 그런 말을 하더라고. 다시미엔토 부인의 결점과 장점이 어떤 것이든 간에 그녀가 피고용자라는 이유로 내가 몸을 낮춰야 하는 거야. 사실 그녀의 장점은 시간이 흐를수록 줄어들고 있는데 말이야. 다시미엔토 부인이 평범함의 화신이라는 사실, 위로 올라갈 줄도 허리를 숙일 줄도 모르는 사람이라는 사실은 중요하지 않아. 중요한 건 그녀가 눈을 높일 줄도 낮출 줄도 모른다는 것, 그저 세상을 자기 눈높이로만 볼 뿐이라는 사실이지. 그녀는 난방설비 기술자와 결혼했어. 취미라고는 전무하고 집에만 틀어박혀 있는 남자와 말이야. 그는 심지어 텔레비전으로 축구 경기 보는 것도 좋아하지 않아. 포르투갈 사람치고는 정상이 아니지. 포르투갈 사람들은 모두 구기 경기와 기름진 고기, 자동차 카탈로그를 좋아하잖아. 하지만 다시미엔토 부인의 남편은 좋아하는 게 아무것도 없어.

내 속마음을 따른다면 내가 어떤 행동을 할지 도대체 알 수가 없구나. 이 여자는 7년 전부터 우리집에서 일했지. 그러니까 7년 동안 이 여자는 쓰레기통에 비닐을 제대로 씌운 적이 한 번도 없었던 거야. 때때로 나는 그 여자에게 이렇게 말하고 싶었단다. "당신은 남편 거기에 콘돔 하나 제대로 못 씌우겠군, 빌어먹을!" 내 몸이 얼마나 부어올라 있는지 너 봤지? 난 그런 내가 혐오스러워. 정오에는 지나치게 먹긴 하지만 아침에는 별로 많이 먹지 않거든. 아니, 아침에는 아무것도 먹지 않아. 나는 언제나 아침식사가 몹시 싫었어. 그 판에 박힌 절차가 지긋지긋했다고. 활력에 넘치는 우스꽝스러운 제스처가 말이야. 낭시는 아침이면 언제나 기분이 좋아. 그녀는 내 잔에 차를 따라주며 미소를 짓지. 꿀과 버터를 바른 작은 토스트를 먹으면서 그녀의 두 눈은 하루의 은밀한 지평선을 더듬는 거야. 알다시피 낭시는 멋진 여자야. 그녀는 사람들을 좋아하고, 사람들에게 좋은 일이 일어나기를 원하지. 새벽부터 말이야. 잠자리에서 일어나자마자 그렇게 끔찍할 정도로 긍정적이라니. 물론 처음에는 새롭지. 하지만 그 다음엔 어떻게 될까. 낭시는 너그러운 편이야. 그녀는 언제나 말로 사람을 설득하려 애쓰고, 기회만 되면 플래카드를 흔들어대면서 어떤 시위 군중 속에라도 뛰어들 태세가 되어 있어. 너도 상상하겠지만 그건 내가 알던 그녀의 모습이 아니야. 낭시는 시위로 표출되는 민주주의라는 개념 속에서 자신의 영혼을 고상하게 만들 소재를 찾아낸 것 같아. 혹시 잃어버린 성적 매력을 그런 낙원에서 보충하기라도 한 걸까? 낭시는 에너지로 넘쳐. 그녀는 끊임없이 불평을 늘어놓는다고 나를 비난해. 그녀는 남자가 제대로 투덜거리지 못하면 정상적으로 살 수 없다는 걸 이해 못해. 그녀는 그녀를 도와주지 않는다고 나를 비난해. 우리가 여행을 가면 자기는 짐가방을 풀고 있는데 나는 침대에 누워 있다고 나를 비난하지. 그녀는 내가 늘 그녀보다 피곤하다는 걸 이해 못해. 사실 그녀는 피곤할 때도 편안히 눕는 형이 아니야. 하지만 나는 침대에 누워 뒹구는 걸 좋아하고 배를 허리띠로 조이는 게 싫은 사람이야. 낭시는 노화 같은 것은 아랑곳하지 않아. 인생에 비극적인 면이 있다는 걸 인정하지 않는 것과 마찬가지로 말이야. 그런데 그 둘은 사실 같은 거잖아. 사회 변동에 깊은 관심을 갖게 된 후, 그러니까 생활 방식에 있어서 다시미엔토 부인의 영향을 받게 된 후 낭시는 살아 있다는 사실 자체만으로도 즐거운 모양이야. 그러고 보니 내 주위에는 온통 행복해하는 사람들뿐이군! 내가 처음 낭시를 만났을 때 그녀는 무척 재미

있는 사람이었어. 적어도 신나는 발걸음으로 삶 속으로 뛰어드는 형은 아니었다고. 너도 알아챘을 테지만 그녀의 태도에는 신경쇠약증적인 면이 있었지. 실존적인 창백함이랄까. 무척 흥미로운 형이었어. 의지박약이라는 건 여자에게는 예민한 자질이거든. 처음 낭시와 사귈 때 어떤 점에서는 그녀가 나보다 나았다고까지 말할 수 있어. 피로와 노쇠로 인해, 좀 잘난 척을 해보자면 애써 찾아낸 열패감으로 인해 내 안에서는 이미 무심해져버린 그 무엇을 그녀는 우둔함 덕분에 이미 갖추고 있었다는 거지. 최고의 우둔함 덕분에 말이야. 그런 여자들은 말이야, 애야, 욕망을 불러일으킨단다. 모호한 아이디어들로 무장한 약간의 경박함, 약간의 멍한 태도를 지닌 여자들 말이다. 그랬던 여자가 얼마나 끔찍하게 달라졌는지 넌 상상도 할 수 없을 거다. 활기가 없다고 여겼던 마음과 나의 유혹만을 기다리고 있는 줄 알았던 나긋나긋한 육신이 갑자기 낙관주의에 사로잡혀 씩씩한 중대장처럼 바뀌었으니까. 나태하다고 여겼던 머리가 생각을 만들어내기 시작했단다. 물론 언제나 내 생각과는 반대되는 생각들이지. 그런 생각들을 악착같이 들이대서 나를 끝장내버리는 거야.

여행 얘기를 좀 해주렴, 아들아. 돌아다니고 싶은 욕망이 어떤 건지는 나도 알아. 역마살 같은 것 말이다. 호기심, 다른 어떤 사람이 되고 싶은 욕망, 특히 그것을 이해하고말고. 젊은 시절 나는 알다시피 여자들에게서 그런 것을 추구했지. 며칠 동안은 다른 누군가가 될 수 있었단다. 결국은 따분해지지만 말이야. 여행을 통해 넌 다른 존재가 되는 거냐? 말해주렴, 알려달라고, 그 먼 곳에서는 무슨 일이 일어나고 있니? 그러니까 도대체 무엇으로부터 멀다는 거냐?

정원, 그건 내 모든 것이란다. 내가 지금 당장 죽는다면, 이 정원은 두 달 안에 엉망이 되고 말 테지. 리오넬의 아내는 자기네 아파트의 커튼을 바꿨어. 우리는 매일 아침 전화 통화를 하는데, 그 끔찍한 일이 벌어진 이후 리오넬은 나에게 매일 아침 그 재난과도 같은 커튼에 대한 이야기를 하고 있단다. 생각해보렴, 40년 동안 같은 커튼을 언제나 홱 젖히던 남자가 갑자기 커튼 자체도 바꾸고 그걸 조심스럽게 다루기까지 해야 하는 변화에 봉착하게 된 거야. 그것도 다 늙어서 말이다. 그의 아내가 과감하게도 그 모든 것에 신선한 터치를 더하기 위해, 정작 리오넬로서는 커튼 천 자체도 몹시 마음에 들지 않는데 그런 천을 지탱하기 위해 긴 홈이 달린 레일을 설치했거든. 리오넬을 보기로 들어볼까. 리오넬은 말하자면 사태를 차분하게 응시하는 형이야. 리오넬을 두고 삶의 모험 속으로 기운차게 투신하는 사람이라는 말을 할 순 없어. 그러니 넌 내게 이렇게 물을 수도 있겠지. 리오넬 아저씨는 삶의 가장 빛나는 시절을 자기집 창을 통해 로지에 가街와 파라데 가 교차로의 풍경을 바라보며 보냈는데 아버지는 왜 그런 아저씨를 비난하지 않는 거죠? 이 세상의 모든 경이로움을 구경하러 돌아다닌다는 이유로 저는 비난하시면서 말이에요. 그런 네 말에 난 이렇게 대답하련다, 하지만 리오넬은 그런 행동을 통해 결단코 최소한의 충만함도—이거 참 우스꽝스러운 단어의 조합이로구나—, 최소한의 발전도, 육체적 만족감도 바라지 않았다고 말이다. 리오넬, 언제나 비관주의와 고뇌에 불잡혀 있을 뿐인 그가 바라는 것이라고는 오직 영혼의 휴식밖에 없단다. 무시무시한 야망이지. 그러니 그 정반대의 것이 필요할 리가 없지. 그래서 난 네게 이렇게 말하지 않을 수 없구나, 리오넬이 지금처럼 내 친구가 된 것은 말이다, 내가 문득 어떤 불길한 환영에 휩싸일 때 언제라도 그에게서 하나의 메아리를, 나의 낙담과 상반된다고까지 할 수 있는 어떤 메아리를 발견할 수 있을 것이기 때문이라고 말이다. 지금 현재 행복한 사람, 혹은 행복해지기를 갈망하는—사실 이게 더 고약하지—사람과는 친구가 될 수 없는 법이거든. 무엇보다도 현재 행복한 사람과는 더불어 웃을 수가 없다. '행복한 자'와는 더불어 웃을 수가 없다니까. 아니, 스스로 행복하다고 생각하는 사람이 웃음을 터뜨릴 줄 아는지조차 나는 잘 모르겠다. 너 소리 내어 웃을 때가 있니? 아직도 그렇게 웃니? 그렇다면 넌, 바보같은 네 누이의 주장과는 달리, 완전히 행복하지는 않은 거 아닐까?

나는 리오넬과 함께라면 웃을 수 있어. 그것도 아무런 저의 없이 웃을 수 있지. 그리고 그에게 공감하지. 난 그 커튼 사건이 왜 비극인지 이해해. 그래서 그와 함께 그것을 두고 웃을 수 있단다. 이 비극적인 커튼 사건을 두고 리오넬과 함께 웃어줄 사람은 나밖에 없어. 왜냐하면 우리가 그것을 두고 웃을 수 있는 건 그것이 야기한 혼란의 무게를 충분히 가늠할 수 있었기 때문이거든. 행복한 사람은 그 어떤 방법으로도 그 무게를 파악할 수 없다는 걸 너도 알게 될 거야. 게다가 그런 사람들은 커튼을 바꿔야 행복해지지. 왜냐하면 그런 사람들은 전력을 다해 변신을 추구하니까. 행복한 남자는 다름 아닌, 커튼을 바꾸는 그런 여자를 꼭 집어서 선택하지. 리오넬과 나는 그런 사람을 범죄자로 보지만, 보통 사람들, 행복을 갈망하는 사람들은 그런 여자를 균형감각을 가진 건강한 여자라고 칭송하지. 가정적인 낭시 같은 여자 말이야. 11월 초 다시미엔토 부인은 8일간의 일정으로 포르투갈로 떠났어. 11월 초라는 시기는 그 여자가 마음대로 정한 거야. 그녀의 말에 따르면 난방설비 기술자인 남편의 누이가 결혼식을 한대. 그런 대가족 내에서는 물론 결혼식과 장례식이 끊임없이 일어나지. 낭시는 손뼉을 치더구나. 다미시엔토는 연중에 일주일간의 휴가를 갖기로 '아 카펠라'(제멋대로)로 결정하고는, 겨우 한 달 전에야 우리에게 통고했어. 우리의 의견 같은 건 묻지도 않고 말이야. 허락이라는 단어 같은 건 입 밖에도 낼 수 없어. 그 모든 것이 그녀에게는 지극히 당연하고 타당하게 여겨지겠지. 좋다고. 하지만 다시미엔토는 올해 이미 휴가를 다녀왔고, 휴가비도 받았으며, 얼마 후에는 크리스마스 휴가를 쓸 것이고, 그녀의 남편 난방설비 기술자는 내가 입던 바지와 셔츠를 조만간 물려 입게 될 거야. 이런 상황에서 내가 그녀의

11월 급료를 평소처럼 지불해야 할지 주저된다고 말했다고 해서, 낭시가 나의 쩨쩨함과 공감 능력 부재에 어안이 벙벙할 지경이라고 말해야 되겠냐는 거야. 낭시가 새롭게 몸담은 실존적 긍정주의 헌장 속에는 가사 도우미에게 내가 벌벌 떨어야 한다는 조항이 포함되어 있는 거지.

네 누이는 너에 대해 말하면서 어쩌면 그렇게 나를 짜증나게 하는 말만 골라 하는지 모르겠다. 네가 '세상을 음미할 줄 안다'는 거야. 나에게 있어서 세상을 음미한다는 것은 드니즈 샤조콩베르가 캐러멜화된 버찌를 빨아먹는 것과도 같아. 네가 세상을 음미할 줄 안다는 네 누이의 말 속에는 너는 나, 곧 네 아비와는 다르고 자기 자신과 사이가 좋다는 뜻이 포함되어 있지. 나아가 나와는 다르다는 그런 평가가 너희 둘이 하는 말의 90퍼센트를 차지하고 있지. 그래, 넌 뭘 음미하고 있니, 얘야? 시간을 쏟을 가치가 있다는, 그먼 곳에 있다는 게 도대체 뭐란 말이냐?

로지에 가와 파라데 가 교차로에는 나무가 한 그루 있어. 밤나무인 것 같은데 확실하진 않아. 간단히 말해서 그 나무를 리오넬은 40년 전부터 자기 집 창에서 내다봤단다. 매일같이, 매 계절마다. 새싹·녹음·가을 그리고 겨울이 차례로 갈마들지. 매일같이 매 계절마다 리오넬은 무서울 정도로 담담한 그 시간을 응시했지.

한 세대 만에 너는 내 삶을 이끌어온 유일한 신조를 깡그리 날려버리는구나. 내 유일한 공포는 매일매일의 단조로움이지. 이 치명적인 적으로부터 도망칠 수만 있다면 나는 지옥문이라도 힘차게 열고 들어갈 거야. 그런데 이런 나의 아들이 여유와 한적함 속에 푹 빠져 있다니. 어쩌면 너는 인간이란 스스로보다 열등한 존재가 되는 것에 헌신하기 마련임을 미리 알고 있었는지도 모르겠다—그렇다면 네가 얼마나 현명했던 것인지! 매일같이 나는 세상이 나를 점점 더 강하게 조여오는 것을 느꼈다. 알다시피 나는 이 조여듦에 맞서 끊임없이 싸웠지만 소용이 없었지. 그것은 시작부터 진 싸움이었어. 그러면 넌 이렇게 말할 테지. 거의 네 본질이나 다름없는 저 흔하디흔한 범속함이라는 끔찍한 잡동사니 속에서도 이렇게 안전한데 뭐 하러 굳이 싸우느냐고 말이야. 그런데도 싸워야 하는 이유는, 전쟁은 그게 어떤 거든—그게 헛된 만큼, 잔인한 만큼—안락보다 우위에 있기 때문이란다. 그러니까 나는 평생에 걸쳐 안락을 갈망하는 자들의 무기력에 의해 처음에는 말 그대로 초죽음을 당했고, 나중에는 처형을 당한 셈이지. 네 패거리, 너와 비슷한 인간들의 무기력에 의해서 말이야. 네게서 내가 놀랍게 여기는 점은 네가 아직도 가정이란 걸 꾸리지 않고 있다는 사실이야. 네 누이는 이미 가정을 꾸렸는데 말이다. 여담이지만 최초의 여자가 이 세상에 아이를 낳아놓은 데서 인류 역사가 시작된 거 아니냐. 그런데 넌 여자들이랑 뭘 하고 있는 거냐, 얘야? 여행하면서 여자들과 섹스는 좀 하는 거니? 최소한 그걸 하긴 하는 거지?

네 여행에 대해 좀 설명해주렴, 얘야. 자기 밖의 어떤 삶이 있는 거냐? 자기 자신 이외의 어떤 현실이 있는 거야? 내가 말 그대로 집착했던 유일한 여자는 내 신분에 어울리지 않는 창녀였다. 하지만 나는 그 여자 때문이라면 만신창이가 된다 해도 좋았어. 어떤 의미에서 내 입장에서는 정말 큰일 날 뻔했다고 할 수 있지. 그건 내 유일한 실존적 경험이었어. 대상인 그 여자는 그저 거기 있었고, 당시에도 그럴 가치가 없었으며, 그 이후로도 줄곧 아무 가치도 없는 채로 남았지. 하지만 그녀의 '예'와 '아니오' 사이에서 나는 '정복자'와 '실패자' 사이를 오갔단다. 그녀가 좋다고 하느냐 그녀가 싫다고 하느냐에 따라 나는 우주와도 맞설 수 있을 것 같다가 다음 순간에는 나락으로 굴러 떨어지곤 했어.

삶은 우리가 조바심을 내며 욕망하는 대상. 현실은 항복해야 하는 그 무엇. 이게 내 지론이야. 나머지 이야기는 그저 여자들의 궤변일 뿐.

내게 여행에 대해 말해주렴. 기억을 더듬어 보렴. 네 누이와 네가 어렸을 때 나 역시 여행을 다녔단다. 일 년에 한 번은 극동으로 떠났지. 오랫동안 내게 '극동'이란 한국을 의미했어. 그 다음 동남아시아 전역으로 사업이 확장되었지. 의류 관련 일을 했을 때는 홍콩·싱가포르·마카오… 등지를 다녔어. 그런 여행들이 서로 무슨 차이가 있냐고? 호텔, 공장, 사무실, 업무차 점심 식사, 공항, 호텔, 야자수, 미국산 자동차, 공장, 비행기, 공급자들이 주최한 파티, 게이샤 같은 부류의 여자들과 신발 벗고 춤추기. 그 여자들은 우리가 마치 어린아이라도 되는 것처럼 젓가락으로 음식을 먹여준단다. 그들은 창녀도 여염집 여자도 아니야. 도시 투어, 건성으로 보는 기념물들, 이윽고 장식품과 온갖 싸구려 기념품들로 가득찬 짐가방을 들고 돌아왔지. 도대체 어떤 세상을 보고 어디에 다녀온 걸까? '극동'이라는 말 속에는 국경의 분류 이상의 것, 꿈 이상의 것, 여행 이상의 것이 들어 있었단다!

그 여자 이름은 크리스틴이었는데, 그녀는 자신을 마리사라고 부르라고 했어. 네 엄마나 낭시에 비해 그녀가 뛰어났던 점은, 네가 듣고 싶다면 하는 말인데, 그 여자는 결코 미국식으로 변질되지 않았다는 거야. 네 엄마나 낭시는 세월이 감에 따라 점차 미국여자처럼 변했어. 그 두 사람은 미국여자처럼 되는 게 스스로를 돋보이게 하는 방법이라고 여긴 거지. 여성 해방 말이야. 어느 날 저녁 식사에서 네 엄마가 불쑥—너무 자세히 얘기하는 걸 용서하거라—발가락과 귓불이 자기의 성감대라고 말하더구나. 그때 나는 그녀가 미국여자가 다 되었다는 걸 깨달았지. 성감대라는 단어쯤은 아무것도 아니라는 듯이 익숙하고 편안하게 내뱉더라고.

난 불행했어. 어이없을 정도로 생각이 떠나질 않았고 어이없을 정도로 만신창이가 되었어. 마리사 보통, 다시 말해크리스틴 때문에 산산조각난 거야. 그 여자는 오네풀키에 사(社)의 기획실장이었어.

그녀는 루앙에 살고 있었지. 초기에 우리 고객 모두는 루앙에 있었거든. 몽트발롱·퀼러·오네풀키에 모두.

루앙의 마리사 보통. 유일한 현실, 루앙.

아르튀르와는 결정적으로 사이가 틀어지고 말았지. 한마디 말 때문이었어. 어느 날 내가 르네 포르튀니에 대해 그에게 이렇게 말했거든.

"르네의 취향은 정말 한심해."

"그의 취향이 네 취향과 다를 뿐이야." 하고 아르튀르는 반박했어.

내가 대답했지. "그 친구 집 거실이 얼마나 꼴불견인지 자네도 봤잖아."

"그게 한심하다고 말할 게 아니라 그저 네 취향이 아니라고 말해야지."

"무슨 차이가 있는데?"

"부탁이야. 제발 네 머릿속 상상과 실제 현실을 좀 구분하라고." 아르튀르가 반박했어.

그 말의 속뜻은 이런 거야. 넌 다른 사람들과 생각이 너무 달라, 세상에는 무수하게 다양한 것들이 있는데, 너로 말하자면 존재든 견해든 간에 사람들의 주목을 전혀 받지 못하는 시시한 존재야, 라는 거지. 그 일로 난 아르튀르와 심각하게 싸웠고 결정적으로 관계를 끊게 됐지. 나로서는 어떤 식으로든 그가 그리울 일 같은 건 없을 거야. 체스만 제외하고 말이야. 그의 실력이 많이 줄긴 했어도 함께 체스를 할 유일한 상대였거든. 전에 비해 그의 실력이 무척 줄긴 했어. 그래서 나중에는 시간제한이 있는 체스 게임 같은 건 그와 더이상 할 수 없었어. 신경세포들이 견뎌내질 못했거든. 이른바 현실이라는 것에 우위를 두는 그런 형의 인간은 어쨌든 지적인 수준을 더이상 유지하지 못하는 것 같아. 르네 포르튀니 집 거실의 추한 실내장식을 현실의 척도로서 간주하지 않는 그런 형의 인간 말이야. 결정적인 한마디는, 부탁인데 현실과 머릿속 상상을 좀 구별하라는 말이었지. 정말 말도 안 되는 소리 아니냐. 세상을 전혀 이해하지 못하는 거지. 내가 루앙이라는 단어를 들어도 덤덤할 수 있게 된 후 루앙은 어떻게 됐느냐고? 루앙이라는 지명은 한때 내 모든 일과 행동을 주관했단다. 루앙은 나의 유형지, 나의 바빌론이었지. 루앙은 끊임없이 쓰이고 지워지고 다시 쓰였지. 그러니까 나에게 있어서 루앙은 아르튀르가 말하는 현실의 도면, 도로 지도 위의 '두 글자'였어.

언젠가 샹돌랭의 스키장에서 너를 포함한 일행 모두가 스키를 타고 있는 동안 혼자 길을 걷다가 나는 어떤 이탈리아인 가족을 만났단다. 그들은 썰매를 타고 있었어. 어머니가 탄 썰매, 아버지가 탄 썰매, 아이들이 탄 썰매가 있었지. 어머니가 즐거움과 두려움에 차서 괴성을 질러댔고, 아버지는 '프레나! 프레나!(멈춰! 멈춰!)'라고 외쳐댔으며, 아이들은 요란하게 웃어댔어. 그들의 썰매들은 서로 부딪쳐 오솔길 양쪽의 이쪽저쪽으로 처박히다가 끝내 뒤집히고 말았단다. 요란한 웃음소리와 '프레나'라는 외침 속에서….

젊은 시절 우리는 겨울마다 모르진에 가곤 했어. 그곳에는 리오넬의 약혼녀가 있었는데 나도 그녀가 마음에 들었어. 우리는 창을 통해서 산 위로 해가 넘어가는 것을 지켜봤지. 어느 날 그 여자가 불쑥 물었어. "어째서 난 삶에 대해 이토록 비관적인 전망을 갖고 있는 걸까?"

리오넬이 대답했어. "그런 생각을 하는 대신 그저 산을 바라봐. 봉우리들의 아름다움을 눈여겨 보라고. 언젠가 당신은 깨닫게 될 거야. 그때 난 내 인생의 가장 아름다운 순간을 망쳐버리고 말았구나, 하고."

"당신 말이 맞아. 하지만 어떻게 그렇게 할 수 있지?"

"조금 바보가 되면 돼." 리오넬이 대답했어.

샹돌랭에서 내가 만난 그 이탈리아인 일가는 바보가 되었던 거야. 썰매에 올라 앉아 완전히 바보가 되기로 마음먹은 거지. 나는 멀찍이서 그들이 언덕을 내려가는 것을 바라봤어. 그들이 고꾸라지고 욕설을 내뱉으면서 미친 듯이 아래로 내려가는 걸 말이야. 그날 꼼짝 않고 서서 그걸 바라만 보던 나는 이미 늙은이었어—당시 아직 젊은 나이였는데도 말이야. 회한에 가득찬 납빛 안색의 늙은이였다고. 모르진에서 그런 일이 있은 지 50년 후에 내가 리오넬에게 말했어. "자네와 나 우리 둘은 살면서 과연 충분히 바보가 되었던 걸까?"

"자네의 경우는 그랬지." 그가 나에게 대답하더구나.

최근에 그는 나에게 앵발리드 광장에서 멕시코 대통령이 오토바이들의 호위를 받으며 지나가는 것을 보고 눈물을 흘렸노라고 털어놨어. 프랑스 공화국의 위대함과 성대한 국빈 접대에 눈물을 흘렸다는 거야. "충분히 바보가 되지 못했다고? 자네는 속속들이 멍청이야." 하고 내가 웃으며 말했단다.

"물론 그렇고말고." 그가 고개를 끄덕였어.

그런데 얘야, 바보가 된다는 것, 조금쯤 바보가 된다는 게 꼭 열대지방을 좋아해야 한다는 뜻은 아니란다. 내 말을 오해하지 말거라. 이렇게 말하는 걸 용서하렴. 이 암시적 표현이 지닌 유머나 미묘함을 네가 과연 파악할 수 있을지, 넌 이 단어를 너 좋을 대로 해석하는 게 아닐지 나는 언제나 두렵다. 생각해보면 사실 이 말의 속뜻은 표현과는 정반대란다. 리오넬이 앞서 말했듯이 조금 바보가 되라는 충고는 복잡한 정신의 소유자에게만 할 수 있는 거란다. 알겠니, 고통당하는 사람, 다시 말해서 안타깝게도 네가 되려고 노력하는 존재와는 정반대의 그런 사람들만이 이 말에서 선택된 이들끼리 공유하는 형제애적 뉘앙스를 포착할 수 있단다. 그러니까 진짜 바보에게 조금쯤 바보가 되라고 충고하지는 않잖니. 아무 생각 없이 태평하기 짝이 없는 사람(우리끼리 얘기지만 리오넬의 친사촌이 그런 사람이란다)에게 그런 충고를 하지 않는 것처럼 말이야. 정말로 행복한 사람에게는 더더욱 그런 충고를 하지 않지. 진정으로 행복한 사람이 이 세상에 정말 존재하는지 모르겠지만 말이다.

리오넬은 더이상 발기가 안 되는 모양이야. "그나마 나은 불행이지" 하고 그는 말하더구나. 내가 대답했지. "새로운 일도 아닌데 뭘 그래? 자네 오래전부터 발기가 안 됐었잖아."

"아니야, 아니야, 그건 자네가 잘못 안 거야. 내가 발기가 되지 않은 건 내 아내 조엘하고 할 때뿐이었어. 조엘하고는 그 일이 물 건너갔지만 다른 여자들과는 그럭저럭 할 수 있었다고. 그런데 지금의 문제는 더이상 그 누구랑 해도 발기가 되지 않는다는 거야. 갑자기 그 기능이 고장나버린 거지. 난 그걸 즐길 힘을 찾아낼 수가 없었어. 그래서 거시기 전문가라는 사르타우이 박사를 찾아갔지. 대기실에는 나 말고 다른 사람이 하나 더 있었어. 나는 생각했지. '이런, 저 친구는 나보다 훨씬 젊은데 더이상 발기가 안 되나 보군.' 그러자 잠시 기분이 나아지더라고."

박사는 리오넬에게 알약을 처방하면서 필요한 때로부터 두 시간 전에 복용하라고 했대. "뭘 하기 두 시간 전이라는 거지?" 내가 물었어.

"뭐라니? 성교하기 두 시간 전이지 뭐긴 뭐야!"

"그런데 두 시간 후에 자네가 성교를 하게 될지 어떨지 어떻게 알아?"

"돈을 주고 여자를 산다면, 그런 것쯤은 계획할 수 있어, 친구야."

바로 그 점이 리오넬과 나의 가장 큰 차이점이지. 그 친구는 그런 쾌락을 추구하는 편이지만, 나는 사실 한 번도 돈을 주고 여자를 산 적이 없어. 요컨대 리오넬은 그 알약의 효과를 시험해보기로 했어. 첫 번째 결과는 훌륭했지. 두 번째 시도 역시 지속시간이 짧긴 했지만 효과는 아주 좋았어. 그러자 그는 열광했어. 그리고 결심했지. 말하자면 데이트라고는 더이상 하지 않고 도시인다운 복잡한 사교 생활과는 몇 년째 담을 쌓고 지낸 그가 사랑의 모험에 투신하기로 한 거야. 사냥감은 이미 찾아냈어. 프티 드무르라는 식당의 여종업원으로, 리오넬은 주말을 제외하고 매일같이 정오가 되면 그 식당에 갔어. 그 여자는 그곳에서 일한 지 일 년쯤 된 모양이야. 여운이 담긴 눈길과 한두 마디 농담으로 그 두 사람 사이에 뭐 대단한 건 아니지만 어떤 친분이 생겼지. 사르타우이 박사의 알약에 흥분한 리오넬은 구체적인 공세로 넘어가기로 했어. 다음과 같은 말로 시작되는 공세였지. "오스트레일리아에서는 '블랙 위도'라고 불리는 거미들이 도시에 자리를 잡으면, 맹독을 지닌 노란뱀 역시 그곳에 둥지를 튼다던데 아세요?" 쇠고기 스튜를 먹은 다음 커피가 나오기를 기다리면서 리오넬이 속삭였어. 너도 알다시피 리오넬은 그 전까지는 창녀나 자포자기한 여자들하고만 어울렸어. 그는 그런 여자들을 성적인 방식으로 본 것이 아니라 사랑이라든가 아이들, 생식 같은, 간단히 말해서 삶이라는 것에 맞서는 자신의 격한 감정을 토로하는 대상으로 삼았지. 그보다 50세 연하인—주목할 만한 사항 아니냐—그 여종업원은 그로서는 낯선, 중간 범주에 속했어. 바로 그 때문에 이런 개방적인 소재로 서두를 잡은 거지.

리오넬의 말에 여자가 웃었어. 여자가 멋진 말이라도 들은 것처럼 이렇게 대답했지. "우리나라에도 위험한 동물들이 있죠." 리오넬은 구애하는 수컷처럼 머리를 뒤로 젖히고 가슴을 앞으로 내밀며 거드름을 피웠어. 만남을 제안해도 되겠다고 생각한 거지. 여자는 그의 제안을 받아들여. 리오넬은 자기집으로 돌아가 시간을 계산하기 시작하지.

두 사람은 오후 4시 30분에 중간 지점에 있는 카페에서 만나기로 했고, 여자는 7시까지 다시 드무르 카페에 가서 일을 시작해야 했으므로, 두 시간 반의 시간 여유가 있었어. 카페에서 이야기를 나누며 사전 절충을 하는 데 30분을 잡으면 5시, 호텔… 호텔? 그의 집? 어떤 호텔? 리오넬은 자기 집으로 가기로 마음먹었어. 마음속 깊은 곳에서 쓸데없이 양심의 가책이 일었지만 곧 떨쳐냈어. 그것만 빼면 장점만 있는 것 같았거든. 그리하여 그들이 그의 집에 도착하는 게 대강 5시. 뜻하지 않은 지체가 생길 경우를 대비해 5시 15분으로 잡자. 그러면 문제의 알약은 3시 15분에 먹어야 했지. 이런 지금 먹어야 하잖아, 하고 중얼거리며 리오넬은 알약을 삼켰어. 그는 한 시간 동안 바쁘게 집안을 돌아다니면서 향수를 뿌리고, 조엘이 보는 잡지에서 추천하는 두세 가지 스트레칭을 하고, 〈테르 소바주(야생의 땅)〉지를 구독해야겠다고 마음먹지. 사르타우이 박사의 진료 대기실에서 발견한 그 잡지 속에서 그는 이 계획의 핵심을 짚는 주목할 만한 구절을 발견했거든.

4시 15분, 그는 아래층으로 내려갔어. 그러고는 평소보다 훨씬 호의적으로 보이는 로지에 가를 거슬러 올라갔지.

멋진 날이었어. 신이 그에게 순풍을 보내주기로 한 그런 날인 거지. 그는 행복했어. 4분 동안 리오넬은 세상의 왕이 된 것 같은 기분으로 걸었어.

4시 20분, 그는 카페에 도착해서 입안을 향기롭게 하려고 평소 싫어하는 레몬 슈웹스를 주문했어. 4시 35분, 여자는 아직 오지 않아. 4시 45분 여전히 여자의 모습은 나타나지 않아. 5시 5분 전 드디어 여자가 나타났어. 여자는 얼빠진 듯한 표정의 노인이 자신을 향해 떨리는 손을 내미는 것을 보았지. 여자는 차 한 잔을 주문하고는 즉각 자신이 6시에는 일어나봐야 한다고 했어. 비록 그 약을 먹은 사람은 누가 보더라도 쇠약하기 짝이 없는 노인이긴 했지만 어쨌든 사르타우이의 알약이 은밀한 가운데 첫 신호를 보내기 시작했어. 최악의 타이밍이었지. 여자는 차분하게 미소를 짓고 있었어. 그의 말에 귀를 기울이면서 말이야. 마치 일시적인 처치밖에 해줄 수 없는 걸 안타까워하는 말기 환자 병동의 간호사처럼 말이야. 그녀가 입김을 불면서 뜨거운 차를 마시는 동안 리오넬은 가슴을 쥐어뜯었어. 그 순간 그의 마지막 한 줄기 희망에 동조하는 유일한 신체 부위를 말이야.

그는 막판 승부수를 띄우기로 했어.

"내가 몸이 좀 좋지 않군요. 영 불편해요. 집까지 좀 같이 가주실 수 있으신지요?"

"몸이 좋질 않으시다고요?"

"예, 눈앞이 빙빙 도는군요." 그가 아주 고통스럽게 자리에서 몸을 일으키며 말했어.

"눈앞이 빙빙 돈다고요?"

"빙빙 돌아요, 맞아요."

그녀가 그의 팔을 잡아주었어. 그들은 카페에서 나와서 걷기 시작했어. 피에르드무르 거리는 사람들로 가득차 시끌벅적하고, 하늘은 잿빛이야. 여자는 그를 부드럽게 부축해주고 있어. 마음씨 고운 아가씨군. 이 무슨 어이없는 일인가!

이윽고 그들은 그의 집이 있는 건물 현관에 이르렀어. "제가 함께 올라가드릴까요?" 여자가 연민 어린 목소리로 물었어. "그래주시면 고맙겠어요." 가냘픈 목소리로 그렇게 대답하면서 리오넬은, 일단 집에 도착하면 어떻게 죽어가던 사람에서 카사노바로 방향 전환을 할 것인지 머리를 쥐어짜기 시작했어. 엘리베이터가 깜박거리며 내려오기 시작하더니 이윽고 일층에 도착했어. 쇠창살이 있고 채광창이나 있는 그런 엘리베이터를 생각하면 돼. 리오넬의 시야에 구두를 신은 두 발이, 스커트 자락이 들어왔어⋯.

바로 그의 아내 조엘이 내린 거야! 포르트 드 픽퓌스에 있는 연금 금고의 사무관인 조엘, 40년 전부터 가족의 생계를 책임져온 조엘, 40년 동안 저녁 7시 이전에는 로지에 가에 있는 그들의 집으로 귀가한 적이 한 번도 없는 조엘이 그날은 5시 15분에 엘리베이터를 타고 내려온 거라고.

조엘이 그를 보고 말했어. "가니옹 부인이 죽었어."

빌어먹을, 빌어먹을 가니옹 부인 같으니라고, 리오넬은 속으로 이를 갈았지. 하필이면 내가 발기할 때를 골라 죽다니, 못된 여자 같으니라고. 가니옹은 그들의 위층에 사는 노파인데, 그녀에게 이웃이라고는 그들밖에 없었어. 리오넬은 카페 여자에게 데려다줘서 고맙다고 한 다음, 자신이 길에서 발작을 일으켜서 그 여자 도움을 받았다고 조엘에게 설명했지. 어디가 안 좋은데? 가니옹 부인 때문에 그렇잖아도 겁이 난 조엘이 걱정스럽게 묻지. 정말 별거 아니야, 정말정말정말 아무것도 아니라고, 여보, 그냥 살짝 현기증이 난 것뿐이야. 조엘이 건물 관리인에게 몇 가지 지시를 하고 그들은 집으로 올라오지. 조엘은 한사코 리오넬을 자리에 눕히려고 해. 그녀는 리오넬이 옷 벗는 걸 도와줘. "그런데 이게 도대체 무슨 일이야? 당신 발기했잖아?!" 조엘이 외쳤어. 그러고는 울부짖으면서 그를 두들겨 패기 시작했어. 그 절호의 상황을 이용해 그와 섹스를 하는 대신에 말이야. 그러니까 아래층에서 만난 그 여자는 더러운 창녀였구나. 그 계집애 죽여버리겠어. 몸이 불편하다고? 천만에. 당신은 그저 비겁한 인간, 기생충, 더러운 색마일 뿐이야. 이 사건으로 리오넬은 사르타우이 박사에게도, 드무르의 여종업원에게도, 발기에도 영원히 안녕을 고하게 된 거지.

너도 짐작함직한 흔한 결말이야.

그래. 하나의 끝은 또 하나의 끝으로 이어진단다. 첫 번째 것이 끝나면 그 다음 것이 끝나는 식이지. 그렇게 일들은 하나하나 소멸해가는 거야. 영광에서 그림자로. 피에르 드무르 거리를 가로질러 걷던 리오넬처럼.

알다시피 네 새엄마 낭시는 또 심리학자가 다 됐단다. 그건 원래 그녀의 장기 중의 하나 아니냐고 넌 말하겠지. 어쨌든 그녀는 심리분석가로 자처하면서, 종종 있는 일이지만 네가 화제의 중심이 될 때면 다음과 같은 이론을 펼친단다. 내가 네게 트라우마를 주었다는 거야. 네 친엄마 역시 그렇게 생각하는 게 분명해. 그러니까 네가 어릴 때 내가 널 지나치게 엄격하게 대하고 많은 요구를 하고 언제든 때릴 것처럼 굴고 등등 해서 너로 하여금 트라우마를 갖게 했다는 거야. 네 감성적인 성격, 네 섬세한 품성, 오늘날 유행하는 이른바 긍정적인 그런 온갖 단어와는 어울리지 않는 내 강한 성격에 네가 짓눌렸다는 거지.

그러니까 낭시의 이론에 따르면 너는 트라우마를 경험하고 숨이 막힌 최악의 상황에서 네 인생을 시작해야 했어. 낭시 말에 따르면 넌 충분히 마약과 범죄의 길로 빠질 수 있었어. 자신의 이론을 개진하는 이 단계에서 낭시는 내 공감을 불러일으킬 수 있다고 여기는 모양이야. 사실 말이 나왔으니 말이지만, 그건 그녀가 심리분석가로서는 형편없다는 사실을 드러낼 뿐이었는데 말이야. 그러니까 그녀의 말은 내가 너의 나사 풀린 태도를 당연한 결과로 받아들여야 한다는 거야. 야망이라고는 약에 쓸래도 찾아볼 수 없는 너, 사회의 패자 같은 존재가 되고만 너를 말이지. 너는 불행한 상황을 바로잡으려 안간힘 쓰는 청년이라는 거지. 그 말에 나는 두손 두발 다 들었다. 스탈린 같은 아비를 두고서도 그럴 수 있다니. 경의를 표해야겠구나, 얘야.

만약 내가 너에게 애정에 찬 연민을 품지 않았다면, 난 어렵지 않게 널 미워했을 거야. 네가 '찌부러졌다'고 묘사하는 낭시의 그 표현이 얼마나 역겨웠는지 낭시는 모를 거야. 그게 바로 그녀가 쓴 표현이란다. 내가 널 찌부러뜨렸다는 거야.

"내가 어떻게 그 애를 찌부러뜨렸다는 거지?" 내가 물었어.

"당신 성격이 너무 강했어. 당신은 그 애가 스스로 개화하도록 내버려두지 않았다고."

"아… 하지만 이제 그 녀석은 스스로를 꽃피우고 있잖아."

"맞아. 당신 아들은 이제 스스로를 꽃피우기 시작했어. 정말 멋진 일이지."

낭시는 너의 개화에 대해 할 말이 많단다. 억압과 개화가 네 의료 기록에서 중요한 두 가지 사항인 셈이지. 그건 그렇고, 넌 단 한 번도 내 건강에 무슨 문제가 있는지 물어본 적이 없지. 그런 침묵에 내가 어떤 의미를 두어야 할까? 왠지 어색해서 혹은 무관심해서나 따분해서 묻지 않은 걸까? 내 상태가 그리 좋지 않다는 것 정도는 너도 알아야 하는 것 아닐까. 그래, 내가 줄곧 여러 가지 병에 시달렸다는 걸 네가 알고 있었다면, 그 병들이 이제 내가 시간을 쓰는 방식을 좌지우지하게 되었다는 사실을 모르지 않을 테지. 하지만 넌 그런 것에 조금도 신경 쓰지 않았어. 그런 건 네 대화 주제가 되지 못했지. 지난 일요일—네 누이가 네가 '행복하다'고 단언한 그날 말이다—에 네 누이와 함께 아이를 데리고 온 네 매부 미셸 또한 얼굴이 활짝 피었더구나, 너도 상상할 수 있겠지. 네 매부는 일드프랑스의 유대인 트레킹회에 등록했어. 결국 유대인다운 유대인이 되기 위해 그가 발견한 게 기껏 그 정도였던 거지. 지난 주말 그들은 몽포르, 라모리, 쿠아니에르 코스를 트래킹했단다. 미셸과 네 누이는 오후에 나를 만나러 왔는데, 바로 그날 아침 미셸은 몽포르에서 쿠아니에르까지 트래킹을 한 거야. 18킬로미터를 걸었다며, 정신을 차릴 수 없을 정도로 행복했다고 하더구나. 산장, 길이 끊긴 숲, 채석장 언덕들 사이를 누볐겠지. 네 매형은 그곳에서 편안하게 긴장을 풀 수 있었던 모양이야. 실존적 문제의 그림자 같은 건 그에게서 더이상 찾아볼 수 없었어. 자기 마음속 정원의 잡초를 한방에 처리한 거지. 내게 설명 좀 해주렴. 몽포르, 세르지, 쿠아니에르의 무우밭과 거름통 사이를 누비고 다닌 다음 전철 교외선 B를 타고 도시로 돌아온—그것도 단체로 말이다—사람이 어떻게 여전히 삶을 낙관할 수 있는지 말이야. 여기 한 청년이 있는데, 그는 피곤한 한 주일을 보낸 후 일요일 새벽에 일어나서는 이렇게 중얼거리는 거야. 멋지군, 나는 오늘 내 유대인 트래킹 클럽 회원들과 쿠아니에르에 갈 거야. 쿠아니에르에 말이야. 얼핏 보기에 인간은 자신의 능력이 닿는 분야에서 스스로를 꽃피우는 것 같아. 네겐 카리브해가 필요하다는 거지. 왜냐하면 내 횡포와 부당한 취급이 널 고급 창녀 같은 존재로 만들어버려서 말이야. 네가 세르지에서 퐁투아즈에 이르는 시적인 풍경에도 아무런 감흥이 없다면 그건 물론 내 잘못이다. 난 누구보다 잘 이해할 수 있어. 잊지 말렴. 그 순환도로를 걷는 것만으로는 불행을 극복할 수 없다는 걸 말이야.

넌 안식년을 갖기로 했다고 했지. 설마, 난 사전에서 이 말뜻을 찾아보고 싶은 생각이 들었단다. 이 말은 네 경우와는 전혀 어울리지 않아. 왜냐하면 이 말은 원래 대학에서 가르치는 사람들이 7년마다 개인적인 연구에 집중하기 위해 내는 시간을 특별히 이르는 것이니 말이다. 하지만 상관없지. 용어의 남용이나 오용을 피해야 한다면 아예 입을 열지 않는 게 상책일 테니 말이다. 그러니까 너는 일 년간의 안식년을 갖기로 결정했지. 네 주변 사람들의 말을 들어보면, 너는 그런 점잖은 표현으로 사실 한 해의 안식이 아니라 평생의 안식을 지칭하는 것 같지만 말이다. 간단히 말해서 넌 아무 일도 하지 않고 놀고먹기로 결정한 거야. 잘했다. 그 모든 것에도 불구하고 네 태도 속에서 내가 흥미롭게 여기는 건 그 절대적인 무의미함이야. 이번만큼은 조금도 빈정거리려는 게 아니다. 지구 여기저기를 돌아다니는 것 외에 더이상 아무 일도 하지 않기로 결심한 너이고 보면 어떤 가책이나 기생寄生적인 미덕 같은 걸로 스스로를 번거롭게 만드는 일 같은 건 없겠지. 넌 분명히 네 시간을 자원봉사에 바치겠다거나, 네 여력을 고아들이나 원시림을 보호하는 데 사용하겠다는 생각과는 거리를 두고 있고, 난 그 사실에 대해 네게 고맙기도 하다. 극히 이기적이고 극히 고집스럽지만 말이다. 그런 태도는 오늘날엔 그렇게 흔치 않더구나. 특히 너처럼 유약한 성격을 가진 사람이라면 광적인 자선행위에 빠질 위험이 높지.

어느 날 네 엄마가 신문을 펼치더니 이렇게 말하더구나. "레오폴드 펭슈가 죽었네."

그건 내 평생 들어본 말 중에 가장 끔찍한 문장이었단다.

레오 펭슈는 리오넬의 처사촌이었어. 의류 대량제조의 영웅담에 등장하는 기수들 가운데 하나였지. 네가 그를 아는지 어떤지 모르겠구나. 그는 1950년대 말에 올이 풀리지 않는 나일론 니트로 큰돈을 벌었지. 그가 죽기 두 주 전 난 솔페리노 가에서 그와 마주쳤단다. 그는 치과에 다녀오는 길이라고 했어. 죽음의 기미 같은 건 전혀 찾아볼 수 없었지. 언제나처럼 유쾌한 모습이었거든. 화창한 날 한 남자가 경쾌한 걸음으로 솔페리노 가를 걸어, 그러고는 그 다음날 지상에서 사라지는 거야. 레오 펭슈는 내가 아는 가장 명랑한 사람이었어. 1950년대 우리가 처음 알게 되었을 무렵 나는 그의 쾌활함이 불안정한 마음의 발로라고 생각했어. 그 쾌활함이 사실은 음산한 송가라는 것을 알게 되기까지는 얼마간의 시간이 걸렸지. 로안의 식료품업자의 아들이었던 그는 나일론 업계에서 번 돈으로 라스카즈 가에 아파트를 하나 샀어. 정원이 딸린 일층과 이층으로 된 복층 아파트였지. 그는 그곳을 수리했는데 그 기간이 일 년 이상이나 걸렸어. 그는 모든 걸 새로 바꿨어. 원하는 타일을 구하려고 파리를 뒤졌고, 어딘지도 모를 곳에서 문과 벽난로 장식틀을 구해왔지. 그는 두 명의 실내장식가를 고용했고, 직접 샹들리에를 디자인해서 이탈리아에 제작을 의뢰했어. 일년반 뒤 그는 그 아파트에 가족과 함께 입주했어. 입주한 지 얼마 되지 않은 어느 날 오후 그에게서 전화가 왔더구나. 우리집에 좀 들러 줄 텐가. 그가 직접 문을 열어주더구나. 우리는 거실로 갔어. 거실은 뜰에 면해 있었고, 몇 개의 계단을 내려가야 했어. 때는 1월이었는데, 그날은 날씨가 유난히 좋았어. 내가 그에게 말했지. "이보게, 이건 정말 완벽한 성공작이군." 그는 나에게 온갖 세부를 보여주었어. 우리가 커튼 타이백 앞에서 몇 분간 머물렀던 게 기억나는구나. 특별히 가공된 주름으로 된 것이었지. 그는 내게 방들, 전망, 진짜 조각을 넣은 원목 장식판, 천장 돌림띠를 보여주었지. 전등 스위치에 이르기까지 모든 것을 보여주었어. 내가 다시 말했어. "이건 정말이지 완벽한 성공일세." 그리고 이렇게 덧붙였어. "파리 전체를 통틀어 이런 아파트는 다시 찾아볼 수 없을 거야." 그가 고개를 끄덕이더구나. 우리는 자리에 앉았어. 그는 2분 전에 내게 자랑한 태피스트리가 깔린 쿠션 의자에 앉았어. 우리는 유리가 끼워진 문을 통해 함께 물끄러미 정원을 내다봤어. 빛이 거실 안으로 들어오고 있었고, 거리의 소음이 조금 들리지만 거의 고요할 정도였어. 시골에서나 들을 수 있는 가벼운 소음, 아주 부드러운, 삶이라는 무대의 안쪽. 레오는 끊임없이 흔들리는 나뭇잎들을 응시했어. 그는 손가락으로 나로서는 이름도 모르는 나무를 가리키며 아름답지 않느냐고 말한 다음 이렇게 묻더구나. "그런데 이제 뭘 하지?"

네 엄마가 신문을 펼치고 레오폴드 펭슈가 죽었다고 했을 때 나는 이런 것들을 생각했단다. 로안의 참치 통조림, 라스카즈 가의 쿠션 의자, 솔페리노 가의 햇빛 아래 단추를 풀어놓은 웃옷 같은 것들을 말이야.

화창한 날 죽음과는 전혀 상관없어 보이는 한 남자가 파리의 거리를 경쾌하게 걷고 있어. 하늘, 강, 건물, 얼굴, 솔페리노 가와 위니베르시테 가 교차로에서 만난 옛 친구, 그런 것들이 그에게는 마지막인 거야. 하지만 그는 알지 못하지. 그의 필생의 공간이 그날로 마지막이라는 사실을.

네 엄마는 그저 좀 놀랐을 뿐이라는 듯 아무렇지도 않게 말하더구나. "레오폴드 펭슈가 죽었네." 네 엄마는 내뱉듯이 던진 그 한 마디로 그 죽음이 그리 중요하지 않은 사건이라는 걸 시사했지. 드러내놓고 말한 건 아니지만 이 세상이 레오 없이도 평온하게 돌아간다는, 레오 펭슈가 마치 이 세상에서 살다가 죽은 개들 중의 하나인 것처럼, 친절한 친구였지만 그리 중요하지 않은 사람이라는 걸 암시했던 거야.

"그 소식을 들으니 가슴이 찢어지는 것 같아." 내가 말했어.

"가슴이 찢어진다고? 왜? 당신 그 사람과 그렇게 가까운 사이도 아니었잖아."

"우리가 어떤 사이였는지 당신은 몰라."

"요즘 난 당신에 대해 아는 게 없는 것 같아."

"그럴지도 모르지."

네 엄마는 울기 시작했어. 여자가 일단 눈물을 보였다 하면 난 그 여잘 후려치고 싶어. 난 자기 감정을 추스르지 못하는 사람들을 참을 수가 없어. 케이크를 먹으렴, 아들아.

어서 먹어. 다시미엔토 부인이 내 아침식사용으로 사온 오렌지 케이크란다. 나는 비닐로 포장된 그것을 뒤집어봤어. 오렌지 케이크, 20프랑. 양돈장을 개조해 만든 공장에서 퐁라베의 레즈비언들이 대량생산한 거야. 다시미엔토 부인은 그렇잖아도 아침식사를 싫어하는 내가 바로 그걸 아침 식탁에서 목구멍으로 밀어 넣기를 바라는 거야. 스프레이로 과일향을 입힌 케이크를 말이야.

레오 펭슈는 삶을 믿었어. 그래서 그는 자기 집 인테리어 같은 경박한 것들에 공을 들였지. 왜냐하면 그는 인간이 아니라 삶을 믿었으니까. 레오는 사람들로부터는 아무것도 기대하지 않았어. 어느 날 유난히 위축되어서 의사를 만나볼 생각이라고 말하는 리오넬에게 그가 이렇게 말했지. "조금쯤 유쾌해지기 위해 자네는 조치를 취할 필요가 있어. 그저 '조금쯤' 더 유쾌해질 만큼만 말이야. 자네가 하루 종일 바뉴 묘지를 돌아다닌다는 인상을 사람들에게 주지 않을 정도만 도움을 받으라고."

레오는 자신의 손을 거친 것 이외에는 아무것도 믿지 않았어. 평생 동안 에너지가 넘치고 위험을 무릅썼던 사내가 바로 그였어. 그는 기업도, 성공도, 성취의 달콤한 결과도 믿지 않았지.

레오는 무덤의 냉기를 현실로 믿었어.

레오의 현실은 생탕투안 병원의 노란 복도에 있었지. 그의 어머니가 오토르노 교수의 진료를 받다가 그곳에서 자살했거든. 그는 의료용 튜브, 주입관 같은 것들, 안타까운 현실, 딱하기 짝이 없는 병원용 기계류를 두고 농담을 하면서 보낸 지나간 시간—여러 달—을 현실로 여겼지.

시간의 추이에 대해 그 어떤 환상도 갖고 있지 않았던 남자, 당당하고 순전하게 유쾌해할 줄 알았던 남자.

레오와 리오넬은 동갑이었어. 전화 통화만 하면 그들은 싸웠지. 서로 고함을 질러댔어. 그들의 통화가 어떻게 끝났는지 아니? 리오넬이 경색을 일으킬까봐 걱정이 되어서 그의 아내 조엘이 플러그를 뽑아버리곤 했단다. 두 사람 모두 자신이 상대보다 젊어 보인다고 생각했지. 한자리에 모이기만 하면 두 사람 중 하나가 이렇게 말했어. "솔직히 말해서 누가 더 젊어 보이는 것 같아?" 그러면 다른 쪽이 즉각 말을 받았어. "그래, 솔직히, 솔직히 말이야, 누가 더 젊어 보여?"

내가 머리를 염색했다는 거 너 눈치 챘니? 난 요즘 머리를 염색한단다. 이발사 르네 포르튀니가 스타일링을 해줬지. 결과는 엉망 아니냐? 난 요즘 머리를 염색한단다. 도대체 왜 염색하는지 이유도 모른 채 말이다.

이 글의 주제가 뭐였는지 기억하니? 사람들이 숲속을 산책하고 있어. 그러다가 멋진 풍경을 만났지. 어떤 멍청한 아이가 이렇게 썼어. "나는 고요한 오솔길을 걷고 있었는데, 갑자기 어떤 나무 뒤에 교묘하게 가려져 보이지 않던 아름다운 경관이 뛰쳐나와 나에게 달려들었다." 우리가 얼마나 웃었는지 기억나니? 가장 웃겼던 건 "어떤 나무 뒤에 교묘히 가려져 있었다"는 표현이야. 알다시피 최근 내게 있어서는 바로 '낙담'이 그렇단다. 내가 느긋하게 지내고 있는데 배경 속에 교묘하게 감춰져 있던 낙담이 불쑥 뛰쳐나와 나를 후려친 거야. 넌 짐작도 하지 못할 힘과 무게로 말이야. 그것에 맞서 싸우기 위해 내가 뭘 한 줄 아니? 머리를 염색했단다. 실존적인 낙담이 조심하라는 경고도 없이 달려들자 네 아비는 머리를 염색했단다.

하지만 레오는 한 번도 머리를 염색한 적이 없어. 레오 펭슈, 순간에 충실한 그는 그런 외모 가꾸기 따위에 신경 쓰지 않았어. 레오 펭슈는 르네와 내가 평생 울린 여자들보다 더 많은 여자들의 마음을 단 하루 만에 울릴 줄 알았지. 네 엄마가 믿을 수 없을 정도로 무신경한 목소리로, "레오폴드 펭슈가 죽었네"라고 했을 때, 내 머릿속에는 위니베르시테 가에서 우리가 마지막으로 만났을 때가 떠올랐단다. 평범한 행인인 내가 역시 평범한 행인인 그와 엇갈리지. 우리 두 사람은 살아 있는 다른 사람들과 다른 점이 아무것도 없어. 과거에 살았던 사람들, 앞으로 살게 될 사람들과 똑같아. 나는 생각해. 레오가 유쾌한 사내가 아니었다고 해도 그건 전혀 중요하지 않다고. 사실 난 유쾌한 사람이 행복한 사람보다 백배는 더 우위에 있다고 생각하지만 말이다.

네 새엄마 낭시의 욕실장 문을 열어보면, 너는 딱한 인간의 실상이 어떤 것인지 속속들이 알 수 있을 거야.

낭시는 늙어가는 것을 용기 있게 받아들이는 척해. 나는 한때 그녀가 새롭게 정신적인 면을 우선시함으로써 자신의 주름살과 여성 호르몬 감퇴로 생기는 콧수염을 받아들이는 것이 아닐까, 기꺼이 손에 지팡이를 쥐고 노년의 여정에 나서지 않을까 하고 생각했어. 실상은 전혀 달랐어. 그녀의 욕실장을 열어봐. 그곳은 낭시가 시간의 흐름에 맞서 은밀하게 전쟁을 선포한 동굴이란다. 거기엔 '엑스폴리에이팅 포스 C 래디언스'라는 게 있어. 그 정신 나간 소굴에서 내가 최근 발견한 거야. 상자의 크기와 공격적인 오렌지색이 아니었다면, 내 눈에 띄지 않았을 새로운 제품이지. 내가 영어를 잘 못한다는 건 너도 잘 알 거야. 포스 C 래디언스. 그 단어들만 보고도 나는 지레 겁에 질렸어. 엑스폴리에이팅(박피)이라니! 가엾은 낭시, 가엾은 사람, 끝장이 나기 전에 아주 잠시 동안 더 외모로 만족을 느끼고 싶은 거야. 삶으로부터 얼마 남지 않은 짜릿한 맛을 끌어내는 데 취해 자신의 얼굴을 벗겨내는 가엾은 사람. 내가 그녀에게 물었어. "낭시, 도대체 어째서 그런 제품들을 쓰는 거야? 그게 그렇게까지 필요해?" 낭시는 어깨를 으쓱해 보였어. 그러더니 즉각 화제를 돌려 극히 사적인 공간인 그녀의 욕실에 감히 들어가 최소한의 기본적인 존중도 없이 극히 사적인 자신의 욕실장을 열어서는 극히 사적인 물건들을 호기심을 갖고 뒤졌다고 나를 비난하기 시작했어. 그녀가 그녀의 내밀한 프라이버시에 대한 원칙을 412번째 되풀이하는 동안, 나는 그 금지된 욕실장에 있는 온갖 한심한 제품들로 벗겨낸 그녀의 얼굴을 살펴봤어. 가볍게 처진 얼굴, 바로잡겠다는 각

오로 떨리는 얼굴, 종말을 향한 조용한 길에 접어든 그 얼굴을.

내가 외교적이 된 것은 경험을 통해서야. 왜냐하면 일단 이 분야에 접어들면 여자들은 누구나 광적이 되거든. 어느 날 네 엄마가 또다시 자기 볼이 처졌다고 한탄하더구나. 그녀가 나에게 속상하다고 말하기에 내가 위로했지. "별 거 아닌데 뭘 그래." 나쁘게 말하려는 의도는 전혀 없었어. 오히려 그 반대였지.

"그럼 그게 당신 눈에도 띄었단 말이야?!" 네 엄마는 겁에 질려 소리쳤어.

"눈에 띄긴 뭐가 눈에 띄어? 아니, 난 아무것도 못 봤어."

"엎질러진 물이야! 그러니까 그게 남들 눈에도 보이는구나, 남들 눈에도 보인다고!" 네 엄마는 신음하며 나를 외면했어. 그때 이후로 나는 '별 거 아니야' 대신 '사실이 아니야'라고 말하기로 했지. 사실이 어떤 것이든 부정하기로 한 거야. 어떤 여자가 자신의 신체적인 결점에 대해 걱정하면 넌 그런 결점 같은 건 없다고, 없다고, 없다고 부정해야 해. 특히 그 여자가 너에게 "사실을 말해줘"라고 말할 때는 더욱 그래야 하는 거야. 나는 네가 여자들과 어떻게 지내는지 모르지만 말이다, 얘야, 여자가 아니라 여자들을 사귀렴. 한 여자에 대한 열중은 늦을수록 좋단다.

미용실에서 나는 포르튀니 씨가 한 것과 똑같은 '처치'를 해달라고 했어. 단지 좀 약하게 말이야. 차마 어떤 '색깔'로 해달라고 지정할 순 없었어. 왜냐하면 그곳은 남녀가 모두 이용하는 미용원이었거든. 결론을 말하자면 흰머리 위에 황금색 후광이 생겼다는 것 말고는 아무 차이도 없어. 요컨 대, 염색하면 염색한 것처럼 보이고 염색하지 않은 것처럼 보이면 염색하지 않은 거야. 그게 진실이지. 그런데 여자들 은 대충 수선한 티가 나는 것에 개의치 않는단다. 수백 년 전부터 여자들은 자연스러움을 내팽개쳤거든. 하지만 우리, 우리 남자들은 그런 일을 잘해내지 못해. 그 증거를 말해볼 까. 미용실에서 머리감을 차례를 기다리면서 잡지를 뒤적 이다가 나는 도널드 트럼프가 새로 약혼한 여자와 함께 있 는 사진을 봤어. 스물다섯 살의 금발 머리 여자더구나, 좋 아. 하지만 그의 모습은 어떤가. 나는 그의 모습을 좀 더 잘 보기 위해 안경을 꼈어. 오십대인 그는,* 아마도 대머리

---

* 이 작품은 1999년에 나왔다.

인 부분을 가리기 위해서인 듯 머리카락을 뒤쪽에서 110도 각도로 이마 위에서 둥글게 늘어뜨렸더라고. 꼭 소라고둥을 엎어놓은 것처럼 말이야. 색깔은 전체적으로 다갈색이었어. 나는 머리감을 차례를 기다리며 생각했지. 이 친구는 돈은 잘 벌지 모르지만, 밤낮으로 사진을 찍히면서도 솔직하게 말해줄 사람이 주위에 단 하나도 없다니 안됐군. "아뇨, 트럼프 씨, 이런 머리 모양은 안 됩니다. 결단코 안 된다고요."라고 말해줄 사람 말이야. 미용사가 필요한 제품을 가지고 나타났을 때, 나는 즉각 처치를 좀 더 약하게 해달라고 고집스럽게 말했어. 르네는 '페트롤 앙' 헤어토닉을 쓰다가 그냥 편안하게 염색약으로 바꾸었지. 그는 평생 그의 머리에 오일을 바르고 마사지를 했어. 그런데 나는 그것도 모르고 평생 동안 르네 포르튀니의 머리카락을 부러워했던 거야.

사람들이 특정한 것들에 집착하는 것에는 좀 재미있는 점이 있어. 스무 살 이후 외모에 대해서는 어느 정도 될 대로 되라며 포기해온 르네가 머리카락에 대해서만큼은 어떤 이유인지 몰라도 온 신경을 쏟았으니 말이야. 진지하게 하는 말인데, 어쩌면 르네는 그의 머리카락을 완벽하게 관리

하는 데서 삶의 이유를 찾았는지도 몰라.

세상은 자기 외부에 있는 것이 아니란다. 안타까운 일이
지. 만약 세상이 우리 자신 밖에 있다면, 나는 지치지 않고
온 데를 쏘다닐 거야. 난 널 깔아뭉개는 대신 질투할 테지.
난 너의 젊음과 네게 남아 있는 시간을 증오하고 내가 보지
못할 것을 보게 될 네 눈을 질투할 테지. 하지만 세상은 자
기 외부에 있는 것이 아니야. 세상은 자기 안에 있지. 네 눈
에 보이는 모든 것, 그러니까 내가 심어놓은 장미나무, 뉴기
니아 봉선화, 회양목, 배나무들은 말이다, 얘야, 내 생각을
통해서만 산단다. 인간이 아는 세상은 자기 자신을 통한 것
뿐이야. 자기 자신 밖으로 나갈 수가 없어. 바로 그런 이유
에서 사람들은 깊숙한 곳에서는 더이상 고독을 두려워하지
않아. 나이를 먹고 다시 혼자가 되다 해도 그건 문제가 되
지 않아. 인간은 점차 다시 완전히 혼자인 상태로 돌아가지
만 그건 상관없어.

아침마다 다시미엔토가 차려낸 파운드케이크를 앞에 두
고, 낭시가 구운 토스트를 베어 먹는 소리를 어쩔 수 없이
들으면서 나는 우리가 어느 정도로 홀로 존재하는지를 몸

으로 실감한단다. 낭시는 〈프랑스앵테르〉의 뉴스를 이미 듣고 〈르 피가로〉도 다 읽었어. 세상의 일부가 되고 싶어하는 이해할 수 없는 욕구에 경도된 그녀는 새벽부터 싸울 만반의 태세를 갖추고 있지. 네 누이가 너에 대해 나에게 말하면서 그 애는 '행복해요'라고 말할 때, 나는 한 사람의 고독과 또 한 사람의 고독을 연결하는 다리가 정말 드물다는 생각을 하지 않을 수 없단다. 사실 네 누이는 나를 기쁘게 해준답시고 그런 말을 하는 거겠지. 그런데 그렇게까지 나를 모르는 그 애를 어떻게 용서하겠니.

날이 갈수록 세상은 나를 조금씩 줄어들게 만들 거야. 오늘 내 안에서 다름 아닌 세상이 줄어들고 있단다. 그렇게 되는 거란다. 죽음이 조금조금 영토를 넓혀가지. 사람들은 그것에 익숙해져. 죽음에 익숙해지는 거야. 우주의 리듬을 유지하는 것이 그렇게 나쁜 건 아니야.

유대교의 가르침을 기록한 카발라 속에는 이런 말이 있단다. 신이 모습을 나타내게 하기 위해서는 그를 붙잡고 흔들어야 한다. 물론 넌 카발라 같은 것에 관심을 가진 적이 한 번도 없을 테고 그건 내 잘못이겠지. 신을 붙잡고 흔들라.

애야, 넌 신을 붙잡고 흔든 경험이 별로 없지, 그렇지?

신을 붙잡고 흔들라.

신은 '존재하지 않아.' 하지만 우리는 신의 자리를 마련해놓고, 한 걸음 뒤로 물러섬으로써 그가 세상에 내려올 수 있도록 하지. 매일같이, 하루에도 여러 차례, 평생에 걸쳐 모습을 나타낼 수 있도록 말이야. 실제로 어떤 일이 일어나는 것은 자기 자신 안에서 뿐이란다. 자신의 의지 안에서만 어떤 일이 일어나는 거야. 왜냐하면 세상은, 세상은 말이다, 아들아, 우리가 조바심을 내며 원하는 우리의 욕망으로 만들어진 것이니까 말이다.

그러니 네가 원하는 건 뭐니? 뭘 원하니, 아들아?

내 아들은 뭔가를 짓고 싶어하지도, 창조하고 싶어하지도, 만들어내고 싶어하지도 않아. 내 아들은 무엇보다도 세상의 질서를 바꾸고 싶어하지 않아. 내 아들은 만사가 평온하기만 원하지.

모든 것이 가능한 시기에, 나라면 먹고 살 기반을 마련하는 데 목숨을 걸었을 시기에 내 아들은 고요와 감미로움을 원해. 내 아들은 평화 속에서 대수롭지 않은 그의 영혼의 상처를 돌보기를 원한다고. 매일매일의 단조로움을 유일하게 두려워하는 나, 그 치명적인 적으로부터 도망치기 위해서라면 지옥문이라도 열고 들어갈 태세가 되어 있는 내가 한가롭게 파도나 즐기는 윈드서퍼를 낳다니.

네가 내게 이렇게 말한다고 해보자. 전 한 여자를 세상 끝까지 좇아가겠어요. 네가 그렇게 한다면 난 절이라도 할 거야. 욕망과 관계된 것은 모두 절박하고 무한하지. 다른 존재가 될 필요, 요컨대 필생의 꿈을 실현하는 사람이 될 필요가 어떤 건지 난 이해해. 내가 그런 자기 붕괴의 권위자라고 내세울 생각은 없지만, 어쨌든 나는 인간이 그런 욕망 때문에 말 그대로 스스로를 구덩이에 빠뜨릴 수 있다는 걸 잘 알고 있단다. 네 인생에는 나의 마리사 보통 같은 유일무이한 여자가 있었던 적이 있니, 얘야? 만약 그렇다면, 넌 행복해질 수 없을 거야. 그 누구도 너를 두고 행복하니 어떠니 하는 품위 없는 말을 하지 않을 거야. 왜냐하면 설혹 시간이 지나 마리사 같은 여자에게서 회복된다고 해도 다시는 전과 같은 사람으로 돌아갈 수 없기 때문이지. 이제는 위로받을 수 없는 인간이 된 거란다, 얘야. 그는 잃어버린 자신의 그 일부분 때문에 위로받을 수 없는 인간이 된 거야.

이런 의미에서 루앙의 마리사 보통은 내게 진정한 실존적 경험이었단다.

처음에 그녀는 아무것도 아니었어. 정말이지 아무것도 아니었지. 어느 날 내가 권태를 쫓기 위해 그녀를 내 머릿속에서 새로 만들어내지 않았다면, 그녀는 줄곧 아무것도 아니었을 거야.

그녀의 이름은 크리스틴이었는데 다들 마리사라고 불렀어. '마리사'라는 이름 속에는 남자가 여자에 대해 원하는 모든 것이 들어 있지. 그녀는 결혼한 여자였고 아이가 하나 있었어. 남편은 오네 사의 구매담당자였고, 난 그와 사업상 교류가 있었지. 그런 이유로 난 그녀를 알게 됐어. 처음에는 정말이지 아무 의미도 없었어. 그녀는 몸에 너무 붙는 옷을 입고선 스커트나 소매의 주름을 바로잡기 위해 천을 잡아당기는 그런 종류의 여자였어. 나는 오네 사의 복도에서 이따금 그녀와 엇갈렸지. 어느 날 그녀가 내게 말하더구나. "정말이지 짜증나는군요."

내가 반문했지. "짜증난다고요? 지금 나한테 하는 말씀인가요?"

"그래요. 당신은 제게 한 번도 안녕하세요, 라고 인사한 적이 없어요. 적어도 제게 안녕하세요, 정도는 하실 수 있잖아요."

"우리가 서로 아는 사이인가요?"

"롤랑 보통이 제 남편이에요. 우리는 지난 겨울에 함께 저녁 식사를 한 적이 있어요."

그 후 일 년 동안 나는 그녀에게 가벼운 인사를 건넸어. 또다시 내가 그녀를 알아보지 못하고 지나칠까봐 정신을 바짝 차리고 다녔지. 사태가 어떻게 돌아갔는지 좀 보렴. 난 일 년 동안 그 여자에게 안녕하세요, 라고 인사했어. 그뿐이야. 내가 한 달에 한두 차례 루앙에 갔다고 치면 20여 차례 인사를 한 셈이지. 왜냐하면 그곳에 갈 때마다 순수한 우연의 일치로 나는 그녀와 마주쳤거든. 20여 차례 인사를 하는 동안 그냥 '안녕하세요'는 '안녕하세요, 부인'으로, 이어 '안녕하세요, 친애하는 보통 부인'으로 바뀌었고, 몇 가지 변화를 거쳐 결국 '마리사, 안녕!'으로 발전했지. 우리는 그 이상 한마디도 더 나누지 않았어. '어떻게 지내세요' 라는 말조차 하지 않았지, 전혀 없었다고. 내가 그녀에게 "안녕, 마리사!"라고 말한 날 그녀는 걸음을 멈추고 이렇게 묻더구나.

"갑자기 왜 친한 척 하시는 거죠?" 내가 왜 그날 그 여자에게 "안녕, 마리사?"라고 했느냐고? 넌 내가 어떤지 알 거야. 그러니까 그저 그 순간 그 여자 이름이 기억났던 것뿐이야. 아마도 그 5분 전에 어디선가 그녀의 이름을 들은 모양이지. 간단히 말해서 순간적인 기분에서 나온 말이었을 뿐이야. 그런데 조금 전까지도 존재하지 않던 한 여자가 갑자기 현실감을 갖게 된 거야. 그녀는 그 우연한 단어의 조합을 진지하게 받아들이려고 마음먹은 모양이었어. "그 말 비난인가요?"

"그 반대예요."

그녀는 나를 똑바로 주시했어. 흔히 보기 힘든 대담한 태도였지. 그런 다음 미소를 지어 보이고는 자리를 떴어. 그날부터 나는 마리사 보통을 생각하기 시작했어. 그뿐이야. 어쨌든 그랬다고. 사람은 정말 아무것도 아닌 것으로도 충분히 도취감을 느낄 수 있거든. 탁자에 떨어진 빵부스러기는 치우지 마, 그냥 내버려둬, 다시미엔토가 비로 쓸어낼 거야. 이 케이크는 부스러기를 흘리지 않고는 먹을 수가 없어. 너 이 케이크가 마음에 든 모양이구나. 잘됐다. 적어도 내가 이제는 네 입맛을 떨어뜨리지는 않은 것 같으니 더 다행

이야. 네가 나 때문에 더이상 입맛을 잃는 것 같지는 않다고 낭시와 네 엄마에게 말해야겠다. 내 몸이 공처럼 부풀어오른 거 너도 봤지? 이러다가 난 대장암으로 죽을 텐데 아무도 거기에 신경을 쓰지 않아. 퇴행성 신경 질환인 크로이체펠트야콥병도 앓고 있는 것 같아. 오늘 아침부터 손이 떨리기 시작했거든. 다시미엔토 부인이 나 먹으라고 만든 음식 너도 봤지? 어제 저녁 그녀는 우리에게 콩을 넣은 소혓바닥 요리를 내놓았지. 사전에 한마디 언급도 없이 말이야. 낭시가 어이없게도 눈에 힘을 주고 나를 쏘아보았음에도 불구하고 난 그녀에게 따졌어. 연중에 일주일의 유급 휴가를 갖는다는 게 흔한 일이냐고. 겨우 한 달 전에야 우리에게 알리고 말이야. 그랬더니 그 여자가 자기 입장을 변호하기 시작했어. 그녀가 우리집에서 일한 지 7년이 되었다, 노예 생활 같은 7년이었다, 그 7년 동안 그녀는 한 번도 한 달간의 휴가를 요구한 적이 없다, 그녀의 계약 조건에 장보는 것은 포함되어 있지 않았다, 그녀는 장을 보기 시작한 후부터 허리가 아프기 시작했다, 우리가 늦게 저녁식사를 한 탓에 자기 남편 난방설비 기술자가 밖에서 자동차를 세워놓고 기다린 시간, 그들 또한 우리와 같은 사람들임에도 말도 안 되게 늦은 시각에 저녁 식사를 해야 했던 것 등등을 헤아려 돈을 청구한 적이 없다고 하더구나. 이따금 슈퍼마켓 오상에 가고 말린 고추를 깨물어 먹으면서 텔레비전을 보는 것 외에 아무 할일이 없는 사람들이 말이다. 그러다 느닷없이 노조 얘기를 꺼내는 거야. 나는 그녀에게 그들은 우리와 같은 인간들이 아니라고 말하고 싶어. 인류 등급에서 이미 낮은 단에 속해 그 어떤 대우도 요구할 권리가 없다고 말이야. 내가 잠자코 있는 것은 그저 낭시의 처벌을 피하기 위해서야. 너도 알고 있어야 할 것 같은데, 얼마 전부터 낭시는 나를 때리기 시작했어. 지금까지 그녀는 남들 보지 않는 곳에서 나를 때렸어. 그리고 그런 순간이면 나는 그녀에 대해 애정이 되살아나는 걸 느껴. 마치 그 순간의 광기가 나에게 상처입기 쉬운 예전 그녀의 모습을 떠올려주기라도 하는 것처럼 말이야. 그 혼란스럽고 막을 수도 없는 그 행위는 그녀를 다시 한 번 탐낼만한 존재로 만들어주지. 하지만 그러다가 어느 날 그녀가 이성을 잃고 다시미엔토 앞에서 나를 때리지는 않을까 걱정스러워. 최근 그녀가 다시미엔토와 괴상한 공모관계를 발전시키고 있기 때문에, 그 여자를 내밀한 일상을 나누는 친구로 만들었다고 해도 과언

이 아니기 때문에 더더욱 걱정스러워. 나아가 낭시는 다시미엔토 부인에게 자신이 다니는 미용실을 소개해주기까지 했어. 난 아무 말도 못했지만, 부인이 미용실에서 돌아왔을 때 그 모습은 한국전을 다룬 영화 속 미국배우 리처드 위드마크 같았어. 낭시가 로사 다시미엔토 앞에서 나를 때리는 일이 일어날 가능성을 배제할 순 없지만, 그런 일이 일어난다면 나는 사태를 역전시켜 그 일을, 나 자신을 수습하고 즉석에서 그 여자를 해고할 절호의 기회로 삼을 수도 있지. 그들이 우리만큼 고통을 느낄 수 있을까? 다시미엔토 부인과 그녀의 남편인 난방설비 기술자 말이야. 고통을 느끼려면 상상할 능력이 있어야 하잖아. 그저 자신의 눈높이로밖에 세상을 볼 줄 모르는 존재, 눈높이를 높일 줄도 낮출 줄도 모르는 존재가 어떻게 고통을 느낄 수 있겠니? 그런 존재는 책꽂이 위, 처마장식, 커튼 봉, 옷장 위를 하늘에 속한 곳이라고 여기지 않을까? 난 '우리'만큼 이라고 표현했어. 너도 느꼈겠지. 나는 너를 고통을 피해 달아난 망명자로 여기지 않겠어. 자식들이 기대만큼 마음이 따뜻하지 않다 해도 어쨌든 자식은 자식이니까. 난 널 완전히 잃고 싶지 않다고.

네 누이는 나를 길들이고 싶어 해. 요즘 여자들이 자신들에게 임무를 부여하는 걸 보면 신기해. 네 누이의 주장에 따르면 내가 관심을 갖는 건 음악뿐이래. 정확히 본 거야. 솔직히 말하자면 나는 음악 이외의 것들이 도대체 무슨 쓸모가 있는지 모르겠다. 네 안에 음악이 자리 잡으면, 음악이 네 삶을 채우면 어떨지 한번 말해보겠니? 아무리 아름답다 해도 언어가 무슨 소용이겠니? 이야기가 무엇에 쓸모가 있겠어? 종이 위에 삶을 재현해놓은 것이 무슨 감동을 주겠냐고? 그런데도 모두들 그것에 열광하지. 거기에서는 모든 이의 수고가, 모든 이의 손길이 느껴지지. 종이 위의 삶은 숙명적이라는 느낌을 주지 못하는데도 말이야. 네 누이는 독서가 나의 '둔함'을 개선시켜줄 거라고 해. 그 애가 한 표현 그대로야. 그래도 난 열 받지 않아. 나는 둔하다는 표현에 화내지 않았어. 그래 뭘 읽을까, 얘야? 문학을 좀 읽어보세요, 아빠는 문학에 대해 아무것도 모르시잖아요, 아빠에게는 지금 시간 여유가 있잖아요. 그 애는 그렇게 말했어. 그와 정반대로 말하는 것만이 내게 유일하게 호소력이 있고 나로 하여금 그 주제에 관심을 갖게 할 수 있었을 텐데. 네 누이는 정말이지 나를 모른단다. 아빠에게는 지금 시간 여

유가 있잖아요, 라고 그 애는 말했어. 아빠, 이제 아빠한테
는 더이상 시간이 없어요, 라고 말하는 대신에 말이야.

내 딸을 포함해 내가 만나는 사람들의 대부분은 시간에
대해 한없이 진부한 시각만 갖고 있어.

낭시 역시 문학을 좀 안다고 자부하지. 더 정확하게 말하
자면 그녀가 언제나 손에 책을 쥐고 있는 여자라는 사실은
인정해야겠지. 그런 그녀가 어느 날 갑자기 어떤 작가에게
푹 빠진 거야. 앙드레 프티포트르라는 작가야(이 이름이 나
에게 만화 주인공 '프티 파트르'를 떠올리게 한다는 걸 넌 쉽게 짐
작할 수 있겠지.) 넌 그 사람을 모를 거야. 아무도 그 사람을
모른단다. 오직 나만 알지. 왜냐하면 낭시가 이따금 그를 그
의 아내와 함께 저녁식사에 초대하거든. 프티포트르는 그
녀의 멘토야. 그는 앞으로 우리를 그의 집에 초대하겠지. 내
가 말했어. 모든 사람이 글을 쓰는 세상에서 앙드레 프티포
트르가 글을 쓴다는 건 하나도 이상할 게 없다고. 저번 날
리오넬은 나에게 에네스코가 바흐에 대해 한, '내 영혼의
영혼'이라는 장엄한 표현을 인용했어. 언제나 책과 음악을
사랑하는 리오넬에게 내가 물었어. "자네의 영혼의 영혼이
었던 책을 단 하나만 말해줄 수 있나?"

"아니. 언어는 그 정도로까지는 올라가지 않아. 그리고 영혼은 책을 읽지 않아."

나는 쇼팽을 다시 듣기 시작했어. 사실 생전 처음으로 쇼팽을 제대로 들었다고 말할 수 있을 정도야. 여러 해 동안 나는 쇼팽에 대해 지독한 혐오감을 느꼈던 것 같아. 젊은 시절 낭만적인 방기의 몇몇 순간을 제외하고 나는 언제나 쇼팽을 혐오했어. 그런데 상송 프랑수아 덕분에 쇼팽을 다시 들을 수 있었어. 지금까지 나는 그의 연주를 들어보지조차 않았는데, 그건 그의 이름 때문이었어. 상송은 괜찮아. 하지만 프랑수아라니! 상송 아펠바움이라면 즉각 고개를 끄덕였을 텐데. 하지만 상송 프랑수아는 아니야. 교통 체증에 막혀 오도 가도 못하던 언젠가 나는 클래식 방송을 틀었어. 쇼팽의 '녹턴'이 나오더구나. 끄지 않고 내버려두었어. 아름답더라고. 그리고 나는 생각했어. 다 늙어서 다시 쇼팽으로 떨어지다니, 잘하는 짓이다. 그런데 피아니스트가 누구지? 상송 프랑수아. 또 한 번 항복해야지. 뭘 바라니, 난더이상 이런 것에 개의치 않는다고.

나를 교양 있는 인간으로 만들고 싶어하는 네 누이는 나에게 피카소 미술관에 가봤는지 묻더구나. 나는 그 애에게 대답했지. 나는 그곳에 가보지 않았을 뿐 아니라 앞으로도 가지 않겠노라고. 그 친구에 대해 사람들이 지나치게 열광하는 것 같다고 나는 그 애에게 말했어. 나는 '아름다움'에 대한 대중의 열광이 참 싫어. 전시회에 자주 다니며 여러 시간 동안 관람하는 사람들을 보면 속이 뒤집혀. 네 누이는 유머 감각이라고는 약에 쓸래도 없고 공평함도 기대할 수 없지. 사위 녀석도 그 애의 그런 면을 어쩌지 못했고. 하지만 난 사위 녀석만큼은 용서해. 왜냐하면 그는 약사니까 나는 적어도 그와 물약에 대해서 토론할 수는 있잖니? 아무튼 그런 네 누이가 어깨를 으쓱해 보이고는 은밀한 한탄을 드러내며 내게 묻더라고. 그럼 뭘 하면서 시간을 보내실 건데요? 내가 대답했어. 난 우리가 기울이는 노력이 얼마나 불합리한지에 대해 생각하며 시간을 보낸단다. 넌 사람들을 가르치지. 그런데 사람들을 그들 삶의 마지막 경주 구간에서 고양시키는 것, 그에게 문학과 피카소 미술관을 추천하는 것이 얼마나 불합리한지에 대해 생각한단다. 이게 바로 내가 시간을 보내는 방법이야. 이런 종류의 명상 말이야. 내가 그 애에게 힘주어 말했어. 낭시가 끼어들더구나. "당신은 정치에 관심이 있잖아. 이 사람은 언제나 정치에 관심이 많아." 딱하게도 낭시가 친절을 베푼다는 어조로 그렇게 말했어. 나를 '둔하다'고 한 표현 때문에 그녀는 화가 났던 거야. 그녀가 그런 말을 한 건 내 입장을 지지하기 위해서가 아니라 아내로서의 명예를 되찾기 위해서였어. 난 그녀의 말을 바로잡지 않을 수 없었어. "당신 말은 틀렸어, 여보. 내가 지상에서 벌어지는 일에 관심을 두는 것은 리오넬이 자기집 창밖으로 자동차와 사람들을 바라보는 방식과 같은 거야. 다시 말해서 움직임에만 관심을 두는 거라고." 그 두 여자를 하나로 이어주는 것, 이 두 여자가 절대로 변치 않는 점은 두 사람 모두 결코 나를 믿지 않는다는 거야. 그들은 내 입에서 나오는 모든 말이 딱하고 부적당한 제스처라고 생각해. 그래서 난 나도 모르게 지독하게 정반대의 극단으로 치닫게 된단다. 그날 저녁 무렵 나는 제롬에 대한 이야기를 했어. 이런, 제롬은 또 하나의 좋은 본보기지. 그애가 내 손자인 건 맞아. 하지만 어쨌든 그 애는 이제 겨우 두 살 반이고 난 그 애를 제레미인가 토마스라고 부른 적이 있었어. 그것에 무슨 대단한 의미가 있는 건 아냐. 난 청력은 좋지만 제롬이라는 이름을 자꾸 잊어버리거든. 네 누이는 그걸 용서할 수 없는 도발로 받아들인단다. 그 애로서는 내가 자기 아이의 이름을 잊어버릴 수 있다는 걸 단 한 순간도 상상할 수 없는 거지. 아무튼 제롬에 대한 이야기를 하다가 내 생각을 말하게 되고 그것이 긴 대화로 이어지게 되었어. 내가 말했지. 그 애가 게이협회의 정식 회원이 되는 것보다는 독재자가 되는 편이 낫다고 생각한다고 말이야. 질렸다는 듯 혀를 차는 소리가 터져 나왔어. 토론 주제로 다시미엔토가 등장하는 것을 막기 위해 나는 다시 말했어. 유일하게 유효한 시스템은 봉건제도일 거야. 봉건제도에는 조용히 입을 다물고 있는, 피카소 미술관이나 그밖의 다른 얼빠진 문화적인 것들로 사람을 돌게 만들지 않는 난장이, 기사, 혁명주의자, 쇠몽둥이와 창을 휘두르는 영웅 들을 만들어낸다는 좋은 점이 있었으니 말이야. 오늘날 세상에는 플래카드와 고무풍선, 당신들처럼 요란하게 떠들어대는 훌륭한 여자들이 있지. 하지만 나는 개인적으로 피에 굶주려 아우성치는 사람이 더 좋아. 창을 휘둘러대는 사람이 더 좋다고. 나는 말을 계속했어. 그들은 적어도 인상적이잖아. "늙는다는 게 자기 자신을 희화화하는 건가 보죠?" 네 누이가 묻더구나. 그렇게 나를 모욕함으로써 그 애는 자신의 수완을 과시하고 어리석게도 자신도 나와 동등한 존재임을 드러내고 싶었겠지. 몇 년 전이었다면 나는 그런 말을 들으면 당연히 그 애의 뺨을 갈겼을 거야. 이 딱한 애야, 늙는다는 것에 대해 네가 도대체 뭘 아니. 이제 막 제롬이라는 어린아이를 세상에 내놓았을 뿐인 네가 어떻게 감히 그 단어를 입에 올릴 수 있는 거냐. 하지만 나는 그저 차분하게 이렇게 말했어. "늙는다는 건 말이다. 연민과 끝장을 내는 거란다."

고독과 절망으로 짓눌린 그 일요일은 그렇게 끝났단다. 나는 언제나 절망을 삶의 특별한 관점과 연관해서 생각해왔어. 그런데 그날 나는 절망이 시간과 별개로 존재하는 것임을 깨달았지.

'행복'이라는 단어의 뜻을 내게 설명해주렴. 난 정말이지 인간이라는 존재 안에 행복을 위해 따로 마련된 장소가 있다고 믿고 싶구나.

그런 곳을 언뜻 본 것도 같아.

죽음은 우리 안에 있어. 죽음은 점차적으로 영역을 넓혀간단다. 조금조금 모든 것이 섞이고 서로 비슷해지지. 애야,

어떤 나이부터는 모든 것이 똑같아지고 더이상 목적지를 갖지 못하게 돼. 만약 신이 나로 하여금 권태를 그렇게 못 견디도록 만들지 않았다면, 그랬다면 나는 결국 공공장소의 긴 의자에 앉아 시간의 승리에 대해 곱씹고 있는 저 얼빠진 노인들 중 하나가 되었을 거야. 그 점에 대해 난 신에게 감사해.

얼마 전 롱샹에서 정원의 예술에 관한 행사가 열렸어. 그곳에 간 나는 누군가 내 이름을 부르는 소리를 들었어. 웬 낯선 여자가 나를 보고 웃고 있더라고. 저, 주느비에브에요. 그 여자가 말했어. 주느비에브 아브라모비츠. 여름 원피스를 입은 그녀의 모습은 작은 거북이 같았는데, 짧은 머리에 안경 너머 두 눈은 여전히 아름다웠어. 주느비에브 아브라모비츠는 레오 펭슈가 열정적으로 사랑한 여자였어. 그녀가 이렇게 덧붙이더구나. "이렇게 오랜 세월 후에 여기서 당신을 만날 줄은 몰랐네요."

우리는 적당히 할 말을 찾지 못한 채 한동안 서로를 물끄러미 응시했어. "당신이 원예에 관심이 있는 줄 몰랐어요."

"난 언제나 꽃을 좋아했지요. 지금은 뜰이 있는 주택에 삽니다."

치자나무들이 담긴 카트를 끌고 있는, 하얀 헬멧을 쓴 듯한 백발의 그 작은 여자를 바라보면서 나는 몽파르나스 묘지에 묻혀 있는 레오를 떠올렸어. "그런데 당신은요?" 내가 물었어.

"발코니 화단이 있어서 그걸 정성들여 가꾼답니다. 소일거리죠."

그녀는 무슨 사과라도 하는 것처럼 미소를 지으며 소일거리라고 말했어. 그 말을 듣자마자 나는 스스로에게 중얼거리지. 너 역시 소일하고 있어. 네가 하는 일이 소일이 아니면 뭐겠어. 너와 그녀 두 사람은 소일 중이야. 그러다가 욕망이 존재하지 않는 세계의 주민이 되겠지. 더 나은 존재가 되는 대신에 퇴비와 치자나무가 있는 세계에 머무는 거야. 퇴비, 치자나무, 환율 보장, 여기저기서 벌어지는 가벼운 거래, 소액의 증권 거래, 그러다가 병이 삶을 대신하지. 그런 세계 속에서는 약속의 땅도, 델 듯한 뜨거움도, 승리나 패배도 없어. 초조하게 마음을 끓이는 일 같은 건 영원히 일어나지 않는다고.

오, 신이여, 나로 하여금 단 하루만이라도 다시 살게 해주소서. 한 시간이라도 뭔가에 홀린 상태로 살게 해주소서!

나를 다시 뭔가에 홀딱 반한 사내가 되게 해주소서. 미친
놈이 되어도 좋고 범죄자가 되어도 상관없나이다. 그 어떤
형태든 간에 평온과 안정을 두려워하던 과거를 내게 다시
돌려주소서. 롱샹의 강한 햇빛 아래 서 있는 나라는 인간은
내게 혐오감을 불러 일으켰어. 그는 곰팡내 나는 케케묵은
존재, 그림자, 인간의 변두리에 있는 한 남자일 뿐이었거든.

"매년 저는 레오폴드의 무덤에 제비꽃 한 다발과 조약돌
을 올려놓지요. 그가 죽은 후 그의 아내가 제게 편지를 보
냈더군요. 그녀는 알고 있었어요."

나는 고개를 끄덕였어. 그 말에 뭐라고 하겠어? 몸이 어
떻게 행동하든 간에 마음은 자신이 원하는 바를 드러내기
마련이거든. 우리는 상대에게 입맞춤을 하지만 그의 얼굴
은 포기의 표정을 감추고 있는 가면일 뿐이야. 밤을 하얗게
밝히던 열정적인 레오 펭슈와 주느비에브 아브라모비츠 연
애 사건의 끝은 묘석 위에 놓인, 이내 말라버릴 세 송이 꽃
과 조약돌 하나인 거지.

그녀는 알고 있었어요, 하고 주느비에브는 말했어. 나는
상황에 어울리는 엄숙한 표정으로 고개를 끄덕였어. '그녀
가 알고 있었다'는 말은 환상을 일깨우고 그 연애사건에 다

시 무게를 부여할 만했지. 가엾은 레오 펭슈의 부인은 뭘 알고 있었을까? 그런 것들을 떠올리기에는 지독히도 부적절한, 꽃들로 가득찬 공원 한가운데서 나는 생각했지. 사람이 뭘 안다는 게 가능한 일일까? 왜냐하면 시간과 더불어 모든 것이 지워져버리므로.

주느비에브 아브라모비츠가 내게 아르튀르에 대한 소식을 들려주더구나. 그녀는 아르튀르와 그의 아내를 정기적으로 만나고 있다고 했어. "당신은요, 당신도 여전히 그를 만나나요?" 그녀가 물었어.

"전보다는 뜸하게 봅니다." 내가 대답했지.

"그 사람 최근에 이스라엘에 아파트를 하나 샀어요."

"아르튀르가요? 어디에요?!"

"예루살렘에요."

"도대체 왜요?" 내가 큰소리로 물었어.

"매년 얼마간 그곳에서 지내기 위해서래요." 그녀가 내가 보인 반응에 깜짝 놀라며 대답했어.

그 말을 듣자마자 내 머릿속에는 미셸이 떠올랐어. 네 매부 말이다. 네 매부는 일드프랑스의 유대인 트래킹 클럽에 가입함으로써 그가 조금쯤은 유대인이라는 것을 대외에 알리기로 마음먹은 모양이야. 민족 말살이라는 뿌리와 일요일의 행사라는 지금의 현실을 결합시킨 거지. 내 사위 미셸 퀴키에망, 고통의 상속자, 공동체의 기둥, 아브라함의 현대판 자손, 모세의 제자. 그 일을 계기로 그는 팔레스티나에 우호적이 되었고 입만 열면 평화에 대해 떠들어 댄단다. 그러니 넌 그 친구와 마음이 잘 통할 거야. 내가 그에게 말했어. 내 말 좀 들어보게, 우리 문제를 확실하게 하자고. 자네는 이스라엘의 평화를 원하지. 좋아. 그런데 그 이유가 궁금하군. 자네가 그곳의 평화를 원하는 건 몽트뢰유부터 루아시에 이르는 이곳 파리에서 갖고 있는 인간관계들을 잘 유지하기 위해서겠지. 까마득히 오래전부터 문제가 있어온 아일랜드에 대해 자네가 신경을 쓴 적이 한 번이라도 있나. 유고슬라비아는 지겹고, 코소보는 골치 아프고, 르완다와 캄보디아에는 관심조차 없어. 그러면서도 이스라엘의 평화를 원하는 거야. 그건 아르튀르가 최근 예루살렘에 부동산을 산 것과 같은 맥락이지. 새로운 지역에 자리 잡은, 진보주의자들을 위한 작은 땅뙈기, 인본주의적인 깃발. 솔로몬의 성전을 재건하는 자네 같은 사람들의 방식이 그런 거지.

주느비에브 아브라모비츠는 아주 섬세한 여자였어. 함께

웃음을 터뜨릴 수 있는 그런 여자 말이야. 그런 특징은 여자들에게서 흔히 볼 수 있는 게 아니야. 내가 그녀에게 말했어. "그 말을 들으니 역겹네요. 꼭 그래야 한다는 당위성 없이, 종교적 필요성 없이 자신들의 구원을 돈으로 사는 그런 유대인들 모두가요." 나는 갑자기 화가 치미는 것을 느꼈어.

그녀가 웃더구나. "당신은 옛날 그대로군요."

"당신도 하나도 변하지 않았어요. 난 언제나 당신의 웃음이 좋았는데, 지금도 여전하군요. 솔직히 말하자면, 나는 최근 아르튀르와 의견 대립이 있었어요. 얼마 전 아르튀르에게서 현실과 내 상상을 구별하라는 말을 들었거든요. 아르튀르는 세상이 객관적인 관점에서 파악될 수 있다고, 자신은 세상을 객관적으로 볼 수 있다고 생각하죠. 그에 따르면 내가 불안해하는 유일한 이유는 사태에 대한 치유불가능할 정도로 편파적인 시각 때문이라는군요. 그의 말이 맞아요. 내가 보기에, 유대교회당을 특별히 자주 드나들었다고 할 수 없는 우리 친구 아르튀르 사디가 현실을 비자의적으로 이해한 결과 '약속의 땅'에서 그 자신이 유대인임을 증명할 수 있는 신분증을 구입한 건 분명히 객관적인 결정이었어요.

"하지만 그의 아들은 얼마 전 이스라엘 여자와 결혼한 걸요!"

"그게 어떻다는 겁니까? 만약 내 아들이 타히티 여자와 결혼한다고 합시다. 정황상 불가능한 일도 아니랍니다. 그렇다고 해서 내가 멀리 타히티에 가서 살아야 하나요?"

"그런 것과 전혀 상관없다는 건 당신도 잘 아시잖아요."

"더 나쁩니다. 그는, 그것 자체로 놀라운 결혼을 값싼 민족주의를 만족시키기 위한 수단으로 이용하는 거예요. 이런 말을 용서해주세요, 주느비에브. 사실 그건 그 친구의 진지한 성향보다 훨씬 더 참아주기 힘들죠. 손자가 태어나면 아르튀르는 아리에나 보아즈 같은 유대식 이름을 붙일 겁니다. 어쨌든 그 이름들이 제롬보다 낫다는 건 인정해요. 그는 또 멀리까지 와서 할례를 참관하지 않는 사람들을 못마땅하게 여기겠죠. 그 모든 것이 제게는 역겹습니다. 타히티의 경우는 그 정도까지 나간 건 아니랍니다. 타히티는 하나의 '행동'은 아니거든요. 주느비에브, 그 결혼에 대해 어떻게 생각하는지 말해주셔야 합니다. 왜냐하면 여기에 내가 태어나는 걸 보았고 또 성장 과정도 흥미롭게 지켜본 한 청년이 있으니까요. 그런 내 친자식이 소통하기를 거부하다니—년 무척 비사교적이었단다—안타까운 일이죠. 아무튼 그 애는 제 아비보다 훨씬 나은 청년이에요. 난 그 애가 언젠가 유대인 여자를 아내로 맞이해야 한다고는 결코 생각하지 않습니다. 이스라엘 여자는 더더욱 필요없고요."

꽃으로 뒤덮인 롱샹의 공원 한가운데에서 그녀가 대답했어. "친애하는 사뮈엘, 나와 대화하면서 그런 용어들을 동원해봤자 무슨 소용이 있겠어요? 난 이제 늙었어요. 상반된 논리를 펼치는 지성인들의 매력에 더이상 민감하지 않다고요. 당신은 자신이 도발적이라고 믿고 있지만, 당신 생각은 상대에게 쉽게 간파되는 그런 거예요(네 누이가 날 '둔하다'고 했던 거 기억나지). 아르튀르와 달리 나는 세상에 대한 당신의 편파적인 관점이 비난받아야 한다고 생각하지 않아요. 하지만 어째서 당신은 그런 당신의 관점을 언제나 드러내 밝혀야 한다고 생각하죠? 이 문제를 바라보는 당신의 관점은 더이상 애정을 품고 있지 않은 사람의 관점이에요. 제 의견을 말하자면 애정을 벗어던진 관점, 설득력이 없는 관점으로 드러내 알릴 가치가 없어요. 누군가를 더이상 사랑하지 않게 되면 그 사람이 진실성이 없는 것처럼 보여요.

그들의 몸짓 하나하나가 다 인위적인 것처럼 보이죠." 그녀는 잠시 주저한 후 말을 이었어. "우리가 누군가를 사랑하면 맹목적으로 황홀감에 넘치는 마법에 걸리죠…. 당신이 아르튀르에게 애정을 갖고 있었을 때 이런 일이 생겼다면, 당신은 그의 예루살렘 아파트를 인정해주고 그 결혼을 기쁘게 여겼을 거예요. 이렇게 말하는 걸 용서하세요. 그녀는 이렇게 덧붙임으로써 나에게 최후의 일격을 가했어. "당신도 유대인이면서 유대인이 아닌 척하지 마세요. 당신의 태도 속에는 작위적인 면이 보여요."

"친애하는 주느비에브, 어젯밤 나는 심심해서 텔레비전을 봤어요. 나로서는 알 수 없는 무슨 자선 사업에 헌정된 버라이어티 쇼가 진행되고 있었지요. 어느 순간 어떤 가수가 이런 통찰력 있는 말을 하더군요. "사람들 사이에 사랑이 있는 한 세상은 구원될 것이다." 주느비에브, 사랑이라는 말, 희망이라는 말이 허공 속에 던져진 걸 들으면 내게는 오직 한 가지 욕망 밖에는 생기지 않는답니다. 지구를 피로 물들이고 싶다는 생각 말입니다. 친애하는 주느비에브, 태생적으로 나는 그 어떤 고상한 담화도 견뎌내지 못하는 인간이에요. 당신이 한 이야기가 그렇다는 게 아닙니다.

당신의 이야기는 매혹적이고 온통 선하고 섬세한 사람에게서 나온 것이지요(그런데 그건 그냥 이야기라기보다 질책이었어요). 내가 당신에게 이 일화를 이야기하는 이유는 유감스럽게도 내가 어느 정도로 절제에 무능한지를 알려주기 위해서입니다. 적어도 말을 절제했어야 합니다. 마음속에서 부글부글 끓고 있는 것을 식히거나 침묵하는 건 문명화된 인간이라면 누구라도 해야 하는 일이지요. 하지만 나는 문명인으로 간주되고자 하는 바람을 접었습니다. 아시다시피 그럼으로써 내 건강에 해를 입히는 것을 막기로 했지요. 왜냐하면 그런 식으로 품위와 균형을 지키려면 내 신경은 치명적인 타격을 입게 될 테니까요. 솔직히 말하자면 화를 자유롭게 낸다고 해서 신경에 덜 치명적인 것은 아니지만요. 그러니까 나는 보시다시피 이중으로 부담을 던 셈이지요. 자신의 육체와 조화를 이뤄야 한다는 의무감에서 해방된 동시에 절제의 낙원으로부터도 해방되었지요. 아뇨, 주느비에브, 다른 때였다 해도 나는 아르튀르가 산 예루살렘의 그 아파트를 인정하지 않았을 겁니다. 사실 다른 때였다면 예루살렘의 아파트 같은 건 있지도 않았을 거예요. 다른 때였다면 아르튀르는 그 자신을 유배자로 처신하는 그런 우스꽝스러운 짓을 결코 하지 않았을 거예요. 당신이 암시하는 그런 때 아르튀르는 더위로 고통스러워하고, 오래된 돌들과 편협한 신앙심을 가진 이들을 증오하고, 유대 역사에 자신의 보잘것없는 몫을 더할 생각 같은 건 하지 않았답니다. 그 시절 아르튀르는 아직 세상을 객관적인 관점에서 보지 않았습니다. 여기서 객관적인 관점이란 어딘지 알 수 없는 곳에서 나온 또 다른 변덕, 말하자면 아르튀르가 하는 말의 중심에 자리 잡고 있는 '관용'이라는 말의 또다른 표현일 뿐입니다. 많은 그의 동포들처럼 아르튀르는 시간이 갈수록 일련의 고상한 태도, 열광적인 정신의 자유로움, 평범함에 대한 존중을 통해 스스로를 가다듬었습니다. 우리 친구 아르튀르 이상으로 현대적인 인물도 없지요. 그런데 말입니다, 주느비에브, 똑같은 행동이라도 그것을 하는 사람에 따라 가치가 달라진다는 당신의 생각은 틀리지 않아요. 만약 당신이 예루살렘에 아파트를 샀다면, 그건 내게 별로 중요한 일이 아니었을 겁니다. 카뉴쉬르메르에 임시거처를 하나 마련했다는 것 이상의 의미가 없었을 거라고요. 그런데 왜 이 지명이 떠올랐는지 모르겠군요. 이 지명을 발음한 건 평생 처음인 것 같습니다. 하지만 아르튀르에게 있어서 그 행동은 사소한 것이 아닙니다. 아르튀르가 예루살렘에 아파트를 산 것은 어떤 클럽의 일원이 되기 위해서니까요. 20세기는 뻔뻔스러운 유대인, 사회 참여를 모르는 유대인, 삶의 계획을 갖지 못한 유대인을 만들어냈어요. 여기 한 사람이 있습니다. 그는 나서지 않는 삶을 살았습니다. 그러다가 노년에 갑자기 적은 비용으로 인류애의 소지자가 되고자 합니다. 해방된 유대인 클럽의 회원이 되는 겁니다. 시오니즘과 관용, 체류허가와 자유의지. 이보다 완벽한 선택이 어디 있겠습니까? 저로 말하자면 그 어떤 공동체에도 속하고 싶지 않아요. 나는 절도 있는 걸음도, 절도 있는 지성도 원하지 않습니다. 친애하는 주느비에브, 당신이 카트 속에 담은 그 전지용 가위는 성능이 나쁩니다. 내가 의견을 좀 드려도 될까요. 이제 우리 당신의 발코니에 대해서 이야기합시다."

우리는 간이식당에 마주앉았어. 그런데 주느비에브는 발코니에 대해서가 아니라 레오 펭슈에 대한 이야기를 시작하더구나. "어느 날 레오에게서 전갈을 하나 받았어요. 나는 그게 루이 아라공의 글이라는 걸 즉각 알 수 있었지요. 레오가 어디서 그 글을 찾아냈는지 모르겠어요. 알다시피 레오는 거의 책을 읽지 않았잖아요('꼭 필요한 것'은 옛날에 이미 다 읽었다고 그는 말하곤 했죠). 넷으로 접힌 타이프라이터 용지에는 그의 필적으로 이런 내용이 적혀 있었어요. '이 편지를 읽지 마십시오. 당신이 읽어야 할 것은 내가 찢어버린 다른 편지랍니다. 생각해주세요, 내가 끊임없이 당신에게 보내는 어떤 편지를, 편지 비슷한 것을 찢고 있다는 사실을….' 그런 다음 괄호 안에 시인의 이름만 씌어 있었어요. 그가 말한 그 또 다른 편지 말인데요. 사뮈엘, 그건 여러 해 동안 제가 사는 이유가 되어 주었어요. 손자들을 유도 학원에 데려다주고 시원찮은 전지가위로 장미나무를 자르는 지금도 제게는, 그 한 번도 쓰이지 않은 말들, 말해지지 않은 말들, 들려지지 않은 말들을 해독하고 싶은 충동이 치밀어요. 레오는 사랑으로 삶이 복잡해지는 것을 원하지 않았어요. 다시 말하자면 레오의 삶의 원칙 속에는 사랑이 있을 자리가 없었어요. 그가 나에게 실제로 어떤 강한 감정을 품을 수 있다는 것을 내가 믿게 되기까지는 아주 오랜 시간이 걸렸어요. 아시겠지만 바람둥이의 말은 쉽게 믿을 수 없잖아요. 유혹자의 말에서는 도덕관념을 찾아볼 수 없으니까요. 우리가 욕망에 자신을 쉽사리 내어주지 못하는 것과 마찬가지죠. 왜냐하면 어리석은 생각인지 몰라도 혹시 성적으로 만족할 수 없을까봐 두려워하니까요(죄송해요. 이렇게 과장되게 속내를 길게 늘어놓다니 말이에요. 갑자기 이런 이야기를 하고 싶은 충동에 사로잡혔어요. 레오폴드나 이런 일에 대해 함께 이야기할 수 있는 누군가를 만나는 게 제게는 아주 드문 일이라서요, 하고 그녀가 덧붙였어). 이런 방식으로 남자를 붙잡는 능력을 자랑스러워하는 여자들도 있어요. 하지만 저는 그 반대로 그것 때문에 제 자신이 언제나 무척 상처입기 쉬운 존재라고 느껴요. 여자들을 잘 아는 것으로 평판 있는 남자의 품에 안기면 여자들은 자신이 그를 실망시키거나 지루하게 만들 거라고 생각하죠. 저는 이런 방식으로 그를 통제할 생각 같은 건 한 적이 없어요. 우리가 가장 대담하게 행동했던 때조차 저는 제 자신이 레오 펭슈 같은 남자에게 걸맞은 여자라고 느끼지 않았어요. 그리고 어쩌면 이런 불안감 때문에 흥분이 고조됐을지도 몰라요. 레오폴드는 57세에 뇌일혈로 죽었어요. 그렇게 빨리 삶을 끝낼 의사가 전혀 없었던 사람, 어리석게도 자신이 누구 못지않게 천수를 누릴 거라고 믿었던 사람이 말이에요. 난 당신을 스쳐 지나가고 싶지 않아, 난 시간 속에서 우리의 길이 서로 교차할 때 당신과 스쳐 지나가는 사람이 되고 싶지 않다고. 그런데 레오폴드는 누군가를 껴안고 있을 때조차도 자기 삶의 모자이크 속으로 사라지곤 했어요. 사업, 약속, 라스카즈 가 그의 집에서의 의무, 아이들의 왕래, 그리고 물론 다른 여자들도 있었어요(레오는 남자라면 손에 넣을 수 있는 모든 여자를 마다해서는 안 된다는, 요컨대 모든 여자를 손에 넣는 것이 가능하다는 원칙을 갖고 있었어요. 레오는 섹스가 감정도 미래도 없이 서둘러 이루어질 수도 있다고 여겼어요.) 그런 여자들을 생각하면 저는 맥이 풀리지 않을 수 없었어요. 출장, 휴가, 끊임없는 부재가 결정적으로 마음에 상처를 입히죠. 레오는 우리의 '불멸'을 믿었고, 바로 그 점 때문에 저는 그이가 원망스러워요."

애야, 넌 네 행복한 삶 속에서 치유불가능한 고독을 느껴본 적 없니? 롱샹의 꽃공원 한가운데서 봄의 따가운 햇살을 받으며 네가 엄청난 동질감을 느끼는 한 여자가 이야기를 하고 있어. 균열을 더듬어가는 것 같은 이야기를. 넌 알아, 그 여자와 다시 만날 거라는 그 어떤 희망도 없고, 영혼은 혼자 살아가며, 상대방에게 해줄 수 있는 일이 아무것도 없다는 것을.

그녀가 말했어. "제가 더이상 말하지 않도록 해주세요. 당신이 기르는 나무들에 대해 말해주세요. 당신에 대해, 당신의 삶에 대해 말해주세요. 당신 자식들은 어떻게 됐나요?

"내 딸은 약사와 결혼했고 내겐 손주가 생겼지요."

이유는 알 수 없지만 엉뚱한 대답이 나오더구나. 그 순간 상대를 무장 해제시키는 그 여자와 함께 있으면서 나는 자연스럽게 감상적인 기분이 되어 기억을 되살려보려고 애쓸 것도 없이 순순히 제롬의 이름을 입 밖으로 냈단다.

"그럼 당신 아들은요?"

"내 아들은 삶과 세상을 사랑하죠." 내가 대답했지.

"정말 운이 좋군요!" 그녀가 웃었어. 내게 필요한 건 주느비에브 아브라모비츠 같은 여자였는데. "그럼 당신은요?"

"난 나 자신의 가장 좋은 부분을 파괴해버렸죠. 다시 말해서 전보다 훨씬 인간적이 되었답니다. 비극이죠, 주느비에브." 그 말을 끝으로 나는 그녀에게 그날 저녁 식사를 같이 하자고 제안했어.

우리는 8시에 발롱 데 테른에서 만났지. 그녀는 자신의 눈빛과 어울리는 녹색 정장을 입었어. 그녀는 사려 깊고 예뻐 보였어. 나도 가장 좋은 옷으로 차려입었지. 내가 예약한 자리가 아직 준비되지 않아서 우리는 바에서 술을 한 잔 했어. 나는 위스키 한 잔을 주문했어. 언제나 와인만 마시는 내게 그건 특별한 일이었지. 주느비에브는 진토닉을 주문했어. 우리는 서로에게 왠지 주눅이 들었어. 나는 그녀가 아름답다고 칭찬했지. 그녀는 내가 예전처럼 여전히 매력적인 남자라고 하더구나. 내가 그녀에게 반문했지, 내가 왜 매력적이었겠어요? 그녀는 나에게 그런 작업용 발언을 하지 말라고 단호하게 말하더구나. 솔직히 말해서 나는 나 스스로가 남자로서 돋보인다고 여긴 적이 한 번도 없었어. 요즘처럼 모든 것이 허물어져가는 때는 더더욱 그래. 요컨대 아주 사소한 걸로도 모든 게 곤두박질칠 수 있거든. 그녀는 잔에 담긴 진에 입술을 적셨고, 나는 얼음조각들이 부딪쳐 소리가 나도록 잔을 흔들었지. 우리는 서로에게 미소를 지어 보였어. 그날 밤이 어떤 것이 될지 그때로선 알 수 없었어. 남자종업원이 카운터 위에 껍질을 벗긴 피스타치오 접시를 내려놓더구나. "당신은 여전히 리오넬을 만나시나요?" 그녀가 물었어. 껍질 벗긴 피스타치오라, 훌륭하군, 하고 나는 생각했어. "여전히 봅니다. 당신은요?" 나는 피스타치오를 한줌 집어서 입 속에 털어 넣었어. 다음 순간 주느비에브가 무어라 대답했지만 내 귀에는 그 말이 들려오지 않았어. 왜냐하면 껍질 벗긴 견과의 말랑한 식감을 예상했던 이에 뜻밖에도 즉각 현기증이 일어날 만큼 단단한 뭔가가 부딪쳤거든. 충격과 동시에 접시를 쳐다본 나는 잔인한 현실을 깨달았어. 나는 누군가 뱉어놓은 올리브 열매 씨앗을 씹었던 거야.

이럴 순 없어, 말도 안 돼, 하고 나는 생각했지. 인상을 쓰면서 나는 입 안의 것들을 모두 접시에 뱉은 다음 위스키를 한 모금 마시고 요란하게 입 안을 헹궈냈어. 꼭 이런 일이 일어날 것을 예상하고 위스키를 시킨 것 같았지 뭐냐. 그런 다음 또 한 모금, 또 한 모금, 입 안을 소독해야 한다는 강박관념에 쫓겨 나는 위스키로 줄곧 입 안을 헹궈냈지. 주느비에브는 무슨 일인지 모른 채 놀라서 말문이 막힌 표정으로 나를 지켜보고 있었어. 혐오감으로 인상을 잔뜩 찌푸린 채 입 안을 헹구는 일을 계속하면서 나는 그녀에게 뱉어낸 올리브 씨앗이 담긴 접시를 가리켜 보였어. "가엾은 사뮈엘, 이런 끔찍한 일이!" 하고 외치면서도 그녀는 어쩔 수 없다는 듯 웃음을 터뜨렸어. 나는 옆눈으로 그곳에 앉아 있는 사람들을 바라보았지. 그들은 겁에 질린 표정을 짓고 있었어. 절인 양배추를 먹거나 맥주를 마시고 있는 뚱뚱한 사람들, 기름기 묻은 입술을 한 시골의 할 일 없는 사람들, 다시 말해서 그중 누구라도 내가 씹은 그 올리브 씨앗을 뱉어냈을 수 있었지. 주느비에브의 웃음소리는 다시 한 번 나를 매혹하고 가라앉혀주었어. 그 웃음소리는 나를, 그리고 우리의 저녁식사를 저 진부한 일상으로부터, 시간 속에 자리잡은 그 평범한 위치로부터 구해주었어.

식사를 하기 위해 예약한 자리에 앉으면서 그녀가 말하더구나. "당신이 주택에서 세상과 담을 쌓고 살 사람이라고는 한 번도 생각한 적이 없어요. 정원을 가꿀 거라고는 더더욱 생각 못했고요."

"내 두 번째 아내 낭시가 자기 아버지로부터 마른에 있는 집을 물려받았어요. 우리는 가끔 그곳에 갔지요. 그 동네에 숲이 있어요. 나는 숲을 참 좋아해요. 그런데 우리 집 안 쪽으로는 그런 장소가 없었어요. 반복된 습관을 통해 어떤 풍경에 애착을 갖는다는 것이 어떤 건지 그때까지 나는 몰랐어요. 낯익은 나무들 사이를 걷는 것, 같은 장소를 어느 때는 오른쪽부터 또 어느 때는 왼쪽부터. 혹은 어느 때는 멀리 또 어느 때는 가깝게 돌아서 걷는다는 게 어떤 건지 말이에요. 나는 그곳에 들르는 게 좋았어요. 그러던 어느 날 종묘상에서 버드나무 한 그루를 샀어요. 그 다음에는 쥐똥나무를 사서 정원에 심었죠. 되는 대로요. 나는 뭔가를 배우기보다는 만들어내고 싶었어요. 흙 묻은 구근의 부피보다 열 배 더 큰 구멍이 필요했는데도 턱없이 작은 구멍을 팠죠. 나는 비료·토양 개량·토탄에 미쳤어요. 나는 한 자루면 충분한 곳에 세 자루의 퇴비를 부으면서 그게 더 좋을 것이라고 중얼거렸죠. 모든 걸 엉망으로 만들고 모든 걸 말라죽게 했지만 생명에는 어떤 실체가 있었어요."

"앙페르 가에 있는 집은요?"

"나는 여전히 거기 살아요. 일주일에 며칠 동안은요."

나는 그녀에게 말했어. 나는 여전히 거기 살아요. 일주일에 며칠 동안은요.

그 순간 나는 그날 두 번째로 비탄의 검은 날개가 내 위로 드리워지는 것을 보았어. 내가 술을 마셨기 때문에 그 구절을 말하는 것이 그토록 고통스러웠을까? 일주일에 며

칠간 거기 살다니, 도대체 언제까지? 내 미래는 영영 박탈 당한 것일까? 어떻게 그런 일이 일어났지? 나는 매일매일 을 증오해. 진짜 매일매일은 어디 있지? 침체 상태가 나를 죽이고 있어.

"이게 내 생활이에요. 며칠은 앙페르 가에서 보내고 또 며칠은 마른 지방에서 보내죠. 앙페르 가, 마른 지방, 증권 거래소, 정원. 옛날 사람들은 지루함을 떨쳐버리기 위해 정복 전쟁에 나섰답니다. 권태에 대한 정복, 견딜 수 없는 평온함에 맞서는 피로 물든 검. 저는 전쟁 대신 샬롱행 기차를 탑니다. 원예용품점 자르디솔에 들어가 쇠스랑이나 몇 번째인지 모를 분무기를 사죠. 주느비에브, 내 친구, 주느비에브, 우리 오늘 밤 우중충한 삶에 맞서 싸웁시다. 오늘 아침 나는 어떤 잡지에서 노벨 문학상을 받은 어떤 일본 작가와 이스라엘 작가 아모스 오즈가 주고받은 편지들에 관해 쓴 기사를 봤어요(내 딸은 나를 교양 있는 사람으로 만들고 싶어하는데, 아모스 오즈는 그 애의 목록 가운데 높은 자리를 차지하고 있답니다. 그 애는 비종교적-진보적 유대문학으로 내 관심을 끌 수 있을 거라고 생각하죠. 두 페이지만 읽어도 나는 잠들어버리고 마는데 말이에요). 기사 제목은 '관용을 위한 투쟁'이었어요. 좋아요. 그 일본 작가가 쓴 구절 하나를 제사로 사용했더군요. '나는 당신의 말 속에서 울리는 희망의 음을 듣는다.' 뭐에 관한 희망이란 말인가요, 주느비에브? 그 사람들이 뭘 바라겠어요? 우리 시대의 선택된 지성들이 말입니다. 그들은 어딘가로 나아간다는 것을 너무나도 확신하고 있어요. 어떤 궁극적인 성취를 예측하고 너무나도 기뻐하죠(그런 생각 자체가 괴상망측한데 말이에요). 딱한 사람들이에요. 그들이 무엇을 희망하죠? 어떤 진보를 말하는 거죠? 평화요? 심연 없는, 모순 없는 수평선. 거기서 산 사람들의 모습은 찾아볼 수 없어요. 죽은 이들의 평화. 매일같이 세상은 나를 줄어들게 만들죠. 말을 갖고 장난하는 이들의 세상. 발레 스커트 차림의 낙관주의자들의 세상. 주느비에브, 난 당신의 웃음이 너무 좋아요. 주느비에브, 오늘 우리 둘이 무엇을 할 수 있을까요? 난 술을 한 병 더 주문하겠어요. 마십시다. 시간은 흘러가고 이 순간 이외의 모든 것이 비현실적이죠. 마시고 웃읍시다. 뭔가 정신 나간 짓을 도모합시다. 오늘밤 나는 당신의 남자예요."

그녀가 대답하더구나. "그래요, 바로 이 순간을 제외하곤 모든 게 비현실적이죠. 우리가 사랑하는 사람들은 어째서 그걸 이해하지 못하는 거죠? 레오 페레의 이런 노래가 생각나네요. '아름다운 날들은 빨리 지나간답니다. 내 안타까운 사랑이여, 그 시간을 즐겨요⋯.' 사람은 자신이 느끼는 것을 말로 표현할 수가 없어요. 왜냐하면 모든 표현은 이미 다른 시간 속에 속하고, 당신이 말하려 찾아내는 모든 것이 텅 비고 더이상 유효하지 않으며 거짓말이니까요. 내 친구 사뮈엘, 저도 당신이 원하는 만큼 오늘밤 당신과 더불어 마시고 싶어요. 하지만 제 웃음을 좋아한다는 당신, 이 재난을 좀 보세요. 제 눈에 눈물이 가득차 있잖아요."

나는 자리에서 일어나 그녀를 품에 안고 그녀의 눈꺼풀에 입 맞추고 싶었단다. 하지만 내 한심한 소심함 때문에 그럴 수 없었지.

그래서 얘야, 나는 그녀의 기분을 다시 유쾌하게 끌어올리기로 마음먹었단다. 울적함에서 벗어나게 하려고 내 재능을 동원해 농담을 하기 시작했어. 이 축제에는 네 누이, 네 약제사 매부와 더불어 너도 물론 소집되었지. 하지만 난 너를 피날레를 위해 끝까지 아껴두었어.

난 우선 탕부리니 씨 이야기부터 시작했어. 탕부리니는 리오넬이 사는 아파트 관리인이야. 나는 주느비에브에게 우선 커튼의 재앙에 대해 이야기해주었지. 그녀는 내 말을 듣자마자 사태의 요점을 이해하더구나. 멋진 여자야. 그래서 덧문의 비극으로 넘어갔지. 넌 이 이야기는 모를 거야. 너한테는 커튼의 재앙에 대해서만 이야기했으니까. 그러니까 리오넬이 겪은 덧문 사건은 커튼 사건 '이후'에, 아니 그것과 거의 동시에 일어났다고 할 수 있어. 덧문의 칠을 다시 하기 위해 예전 칠을 긁어내야 했는데, 리오넬은 절대로 자기집 덧문을 떼어내지 않겠다고 버텼어. 리오넬의 삶에서 '그 창문'이 얼마나 중요한 것인지 아는 사람이라면, 잠시라도 덧문 없는 채로 지내야 한다는 게 그에게 얼마나 끔찍한 일인지 이해할 거야. 리오넬은 사람들이 자기집 덧문을 떼어내지 못하게 하고 탕부리니를 불렀지. 탕부리니를 보자마자 그는 고함을 지르기 시작했어. 탕부리니 씨, 탕부리니 씨, 당신 나를 죽이려는 거요! 리오넬 안에 있는 문학비평가가 이런 폭력적인 도입부에 이의를 제기한 모양이야. 당신이 내 '크레센도(점점 더 세게)'를 망쳐버렸어, 하고 리오넬은 중얼거렸어. 하지만 무슨 상관이람, 그는 여전히 똑같이 큰 목소리로 악을 쓰면서 이야기를 계속했단다. 나보고 보름 동안 덧문 없이 지내라는 거요. 내 아내가 우리집 커튼을 다른 걸로 바꾸기 위해 떼어낸 게 불과 얼마 전이오. 새 커튼은 아직 설치되지 않았소. 다시 말해서 탕부리니 씨, 당신과 내 아내 사이에서 난 내 집에서 나를 위로해주는 어둠을 확보할 수 없게 되었단 말이오. 나를 위로해주는 어둠 말이오! 탕부리니 씨, 탕부리니 씨. 나는 '탕부리니Tambourini(탬버린)'라는 이름을 물고 늘어졌어, 하고 리오넬이 내게 말하더군. 나는 주느비에브를 웃기려고 그녀에게 리오넬의 말을 그대로 들려주었지. 당신은 그 이름에 대해 잘 알 거요, 탕부리니 씨, '탬버린'이라는 이름을 사람에게 붙이다니 말도 안 되는 일이오. 그 '입주자회' 운운하는 것 좀 그만두시오. 입주자회는 멍청이들의 모임이고 난 거기 회원도 아니오. 그들이 창문에 흰 칠을 하는 데 4900프랑을 지불할 정도로 바보들이라는 사실은 당신에겐 잘된일일 거요. 하지만 날 믿지 마시오, 탕부리니 씨, 내가 이 건물 안을 군인 걸음으로 걸어다닐 거라고는 생각지 말란 말이오. 식당 안에서 내가 리오넬을 흉내내 소리를 지르자, 주느비에브는 웃음을 되찾았단다. 괜찮은 시작이었지. 나는

101

리오넬과 내가 노르웨이에서 휴가를 보내면서 만난 정골 요법사 세르주 굴란드리 이야기로 넘어갔단다. 긍정적이던 그의 전망이 점차 바뀌는 걸 보는 일은 리오넬과 나, 우리 둘에게 즐거운 일이었지. 어느 날 우리는 마침내 그의 절망한 기색을 처음으로 감지했어. 어느 날 진료에서 굴란드리는 자신이 의기소침해질 때면 평소의 유머 감각을 잃게 된다고 한탄했어. 그 말에 리오넬이 이렇게 설명했어. "그건 당신이 아직 바닥까지 떨어지지 않았기 때문이에요." "아, 그런가요." 하고 굴란드리는 진지하게 고개를 끄덕였지. 주느비에브가 웃었어. 이어 나는 내 질환, 언제나 다양한 화제를 제공해주는 내 질환에 대해 이야기하기 시작했어. 나는 불룩 나온 내 배를 한탄했어. 내 배는 너무 나왔어요, 주느비에브, 난 그런 나 자신이 혐오스러워요. 내가 불룩 나온 내 배를 한탄하면, 내 사위 미셸은 이렇게 말한답니다(약제사들은 자신들이 의사인 줄 안다니까요). 장인어른은 음식을 지나치게 빨리 드세요. 그래서 소화가 잘 안 되는 거예요. 그러자 제 딸이 끼어들었어요. "도교 신도들은 입에 음식을 넣고 60번을 씹은 다음에야 삼킨다고 해요." 도교라니, 내 딸 아이는 자기가 하는 말이 진지하다는 것을 지지해줄 무엇인가를 점점 더 멀리에서 찾고 있는 것 같아요. 내가 대답했죠. 그 사람들이 아우슈비츠로 가는 정거장이었던 프랑스 땅 드랑시에 와보기나 했겠니.

주느비에브의 기분은 한결 좋아졌어. 우리는 뉘생제오르주를 한 병 땄어. 다시미엔토에 대한 이야기를 짧게 한 후 나는 네 이야기를 시작했단다. 주느비에브, 내 아들, 내 아들… 다른 사람 아닌 '내 아들'은 특별히 성공한 녀석이죠. 형식은 긍정문이지만 어조는 의문형이었지. 그 녀석 이야기를 어떤 방식으로 해야 할까요? 어디서부터 시작해야 할까요? 하지만 얘야, 나는 어떤 식으로도 이야기하지 않았단다. 그저 짓궂은 억양으로 주제만 던져놓고 본론으로 들어가기를 망설였지. 내 아들이라는 단어를 발음하자마자 어떤 패배감이 내 안에서 어릿광대 역할을 자발적으로 포기하게 만들더구나. '내 아들'이라는 말을 입에 올리자, 멀리 복도 끝에서 노란 빛을 받으며 한 아이가 조로 복장을 하고 수족관 앞에 앉아 있는 모습이 떠올랐어. 조로 놀이 안 하니? 내가 너에게 물었어. 아빠, 우리 불사신 놀이 해요, 하고 외치며 너는 나에게로 달려왔어. 안 돼, 그럴 시간이 없단다. 오, 제발 놀아주세요! 나는 불사신 역을 맡아 너를 몇 차례 공격했어. 너는 검을 휘둘러 나를 찌르려 했지. 나는 당시 우리가 살던 아파트에서 가구 사이를 누비며 생각했어. 언젠가 나는 더이상 불사신 역할을 할 수 없게 되겠지. 저 녀석이 매번 나를 따라잡을 테니. 그때였어. 주느비에브가 내 팔을 잡더구나. "장루이 오베트!" 그녀가 짓눌린 듯한 목소리로 소리쳤어.

"뭐라고요?"

"당신 뒤 오른쪽에요. 돌아보지 마세요. 장루이 오베트예요."

"장루이 오베트가 누군가요?"

"레오를 죽인 남자죠."

"레오가 살해당했나요?"

"말하자면 그래요."

"저 남자가 그 범인이구요?"

"그래요."

나는 슬쩍 뒤를 돌아보았지. 창가 옆 탁자에 한 남자가 등을 보이며 혼자 앉아 있었어.

"유리창에 비친 저 사람 얼굴 봤어요? 사뮈엘, 제 부탁 좀 들어주세요. 자리에서 일어나 저 사람 앞을 지나가며 눈치 채지 않게 자세히 살펴봐주세요." 주느비에브가 나직하게 말했어.

"저 남자가 레오를 죽였다고요?"

"저 사람은 그의 죽음에 책임이 있어요."

"내가 가보죠."

나는 자리에서 일어나 걸음을 옮겼어. 화장실에 가는 척하며 창가로 갔다가 방향을 돌려 자리로 돌아왔지. "살펴봤어요."

"얼마나 늙었나요?"

"내 나이 정도."

"잘생겼어요?"

"스페인 축구감독 호세 빌라롱가가 18시간 동안 자동차 여행을 하고 나면 그런 얼굴일 거예요."

"바로 그 사람이에요. 눈빛은요?"

"제 눈에는 옅은색으로 보였어요."

"그 사람이에요. 그가 날 알아볼 것 같아요? 제 모습 많이 변했나요? 우리가 서로 못 본 지 20년이 넘었어요."

"저 사람이 누구였는데요?"

"제 연인이었어요."

"주느비에브, 이거 정신을 차릴 수가 없군요, 주느비에
브."

"장루이 오베트는 제가 레오폴드에게서 벗어나기 위해
사귄 남자였어요. 제가 앞서 말했잖아요. 레오는 삶의 속도
를 전혀 이해하지 못했다고요." 그녀는 낮은 목소리로 말하
며 잔을 비웠어.

"그럼 당신 남편은요?"

"그이가 이 일과 무슨 상관이죠?"

"당신 때문에 난 정신을 차릴 수가 없네요, 주느비에브."

"제 남편 아브라모비츠는 이 모든 일과 상관이 없었어요.
맙소사, 저 사람이 유리창을 통해 날 보고 있어요. 저를 알
아보지 못하는 것 같아요. 여자들은 남자들보다 더 많이 변
하니까요."

"저 사람이 어떻게 레오를 죽였다는 겁니까?"

"우리 둘이 함께 그를 죽였어요."

주느비에브는 입을 다물었다. 나는 잠자코 기다렸어. 우
리는 한 순간 아무 말도 하지 않았어. "당신이 이런 반응을
보이다니 놀랍군요. 난 당신이 좀 더 자유분방한 사람인 줄
알았거든요." 이윽고 그녀가 말했다.

"그 무슨 끔찍한 말씀이신지!" 내가 대답했지. 그녀는 또다시 특유의 그윽한 웃음을 터뜨리더구나. "인정해요. 난 당신이 여러 연인을 두었다는 이야기보다는 범죄를 저질렀다는 말을 더 잘 받아들일 수 있을 것 같다는 걸요." 내가 말했어.

"같은 얘기예요. 전 제 감상적인 성향을 일찌감치 제쳐놓기로 했어요. 저는 사랑과 행복을 혼동한 적이 없어요. 전 제 가정에 묶여 있지 않았어요. 권태로워하는 여자로서 가정을 소홀히 한 것이 아니라 전쟁을 기다리며 전쟁을 준비하는 남자처럼 가정을 소홀히 했죠. 당신이 알고 지냈던 레오가 어땠는지 저는 몰라요. 제가 알았던 레오는 도박꾼이자 뭔가에 굶주린 사람이었어요. 레오폴드 펭슈는 전쟁이었어요. 그가 전장에서 더 의욕적인 태도를 보였다면, 전 그의 수준에 맞는 적수가 되었을 거예요. 그런 침통한 표정 짓지 마세요, 친애하는 사뮈엘, 제가 이런 식으로 말하는 건 그저 당신을 즐겁게 해주기 위해서라고요! 이 모든 것에 정말 서글픈 게 한 가지 있다면요, 그건 제가 무심하게 이런 이야기를 할 수 있다는 거예요. 제가 절망에 빠질 수 있었다면 좋았을 거예요. 저는 절망에 빠진 사람들을 믿어요. 그런 사람들만이 저를 줄곧 안심시켜주죠.

"당신은 절망에 빠진 여자예요, 주느비에브."

"그런가요…? 어쩌면 그럴지도 모르죠." 그녀는 다시 입을 다물었다가 유리창 쪽으로 눈길을 던지면서 말했단다. "오베트, 오베트는 제게 아무 의미도 없었어요. 그 남자와 저와의 관계에서 중요한 것은 그와 제가 사귄다는 사실이 레오의 귀에 들어가는 거였어요. 그러니까 오베트는 그 자신으로는 존재하지 않는 사람이었어요. 레오와 제가 함께 알고 있는 한 친구의 딸이 결혼을 했어요. 그 결혼식에 레오는 자기 아내와 오게 되어 있었어요. 제 남편 폴 아브라모비츠는 캐나다로 연어 낚시를 갔어요(난 오베트와 아브라모비츠 사이의 문제를 쉽사리 해결할 수 있었어요. 아브라모비츠는 오베트를 알고 있었고 그가 게이라고 생각했거든요). 저는 레오 부부가 조금 늦게 도착하리라는 것을 알고 있었어요. 왜냐하면 레오는 그날 시골에서 돌아와야 했거든요. 제 계획은 단순하고 괜찮았어요. 오베트와 함께 모습을 나타내 저녁의 전반부를 보낸 다음 레오 부부가 오기 전에 퇴장한다는 거였죠. 그런데 당신은 이런 여자들 이야기를 흥미로워하는군요." 하고 그녀가 불쑥 말하더구나. "솔직히 말해서요, 사뮈엘, 전 그런 당신에게 실망하고 있어요."

"내가 관심을 갖는 건 당신, 레오, 우리가 이야기하고 있는 일의 비현실성, 그리고 우리가 무로 돌아가리라는 사실입니다."

"좋아요, 좋아요, 좋다고요, 이야기를 계속하죠." 하고 그녀는 말을 이었어. "그런데 사태는 예상과 전혀 다르게 전개되었어요. 그 행사는 어떤 교회의 정방형 연회장에서 열렸어요. 아내와 함께 늦게 도착할 줄 알았던 레오가 일찍혼자 왔는데, 저는 그 사실을 모르고 있었어요. 그는 한참전에 그곳에 온 듯 손에 잔을 들고 우리 앞에 나타났어요 (저는 그곳에 있는 사람들이 증인이 되어 레오에게 우리 주느비에브를 봤어요, 라고 말해줄 수 있도록 일부러 오베트의 팔짱을 끼고 있었죠). 제가 말했죠. "레오." 그가 대답했어요. "안녕 주느비에브." 그는 오베트를 꼼꼼이 뜯어보고는 고개를 끄덕이면서 말하더군요. "안녕하십니까, 선생님." 그 순간 관현악단이 유대식 춤곡인 '하바 나길라(우리를 기쁘게 하소서)'를 연주하기 시작했어요. 신랑 신부가 연단 위로 올라갔고 모두 박수를 쳤어요. 제가 보기에 레오는 그 누구보다 열렬하게 박수를 치더군요. 그러더니 그는 그를 아는 사람이면 누가 보기에도 전혀 뜻밖이라고 여길만한 행동을 했어요. 어떤 여자의 손을 잡고 그녀를 트랙 위로 데리고 가서는 손에 잔을 쥔 채, 말하자면 얼떨떨할 정도로 열광적으로 신랑 신부 바로 옆에서 춤을 추기 시작한 거예요. 원래 레오는 모임에 활기를 불러 넣기보다는 그 반대였고, 그의 환상과 대담성은 그런 식의 바람잡기와는 전혀 관계가 없었는데 말이에요. 이 공감과 즐거움에 넘치는 괴상한 분위기가 하객들을 사로잡았고, 오베트는 앞장서서 그 분위기에 휩쓸렸어요. 어느 순간 저는 레오의 모습이 보이지 않는다는 것을 깨달았어요. 저는 오베트에게 몸이 좋지 않다고 말했어요. 그건 사실이었어요. 나는 주위를 돌아다니며 레오를 찾았어요. 누군가 그가 나가는 걸 봤다고 말해주더군요. 저는 휴대품 보관실로 달려갔어요. 그곳은 도착하는 사람들과 자리를 뜨는 사람들로 붐볐어요. 바보같이 제 뒤를 졸졸 따라다니는 오베트에게 저는 제 핸드백을 맡기고, 꼭 이야기를 나누어야 할 사람이 있다고 말한 다음 서둘러 밖으로 나갔어요. 한겨울에 외투도, 숄도 없이 반쯤 벗은 채 말이에요. 처음에는 어디서도 레오의 모습을 찾을 수 없었어요. 저는 방향을 잡아 달리기 시작했어요. 거리를 하나 택해야 했어요. 저는 되는 대로 몇몇 거리를 지나쳤어요. 이윽고 자동차들이 주차되어 있는 것이 보였어요. 저는 샤를로 가街라는 곳에 이르러 걸음을 멈추고 레오의 이름을 불렀어요. 샤를로 가 끝에서 한 남자가 걸음을 멈추더군요. 레오였어요. "무슨 문제라도 있나요, 주느비에브?" 그가 차분한 어조로 묻더군요. 지성이라는 게 무슨 소용이 있겠어요? 우리는 삶 앞에서 그토록 무방비 상태인데 말이에요, 사뮈엘. "마음을 가라앉혀요, 주느비에브, 숨 좀 돌리라고요." 레오가 자기 차 문을 열면서 말하더군요. "이 모든 게 잘된 일입니다. 어떤 충동에 못 이겨 난 오늘 밤 파티에 참석했다가 당신과 밤을 보내야겠다고 생각했었어요(우리는 하룻밤 전체를 함께 보낸 적이 한 번도 없었어요). 이렇게 다행일 데가. 시의적절한 당신의 경박한 행동 덕분에 그 어리석은 계획이 끝장났으니까요." 저는 그의 말의 요점을 당신에게 들려주는 거예요, 사뮈엘, 하고 주느비에브는 내게 말했어. 그는 잔인할 정도로 냉정하게 말을 골랐어요. 그 말이 지닌 학대의 위력을 저로서는 제대로 재현할 수 없을 정도예요. "모든 게 아주 잘 됐어요, 친애하는 주느비에브. 몇 년간 그토록 망설이고 고통스러워하면서도 하지 못했던 걸 당신은 지금 막 가볍고 단호하고 우아하게 해낸 거예요. 당신은 마침내 나를 당신으로부터 해방시켜주었어요, 주느비에브, 나로서는 인정하지 않을 수 없군요. 나 혼자서는 그 일이 거의 불가능했을 거라는 사실을 말이에요. 그런데 순식간에 그렇게 간단히 나를 제거하다니 진심으로 부럽군요. 오, 저기 누가 오는지 좀 봐요. 당신의 옷가지들을 가지고 누가 달려오는지 보라고요! 저 사람 무척 열정적이군요, 말 좀 해봐요, 주느비에브, 멋져요! 선생, 그녀에게 얼른 옷을 입혀주세요. 그녀는 떨고 있다고요. 최선을 다해 그녀를 따뜻하게 해주세요, 선생, 성함이…? "오베트요." 하고 오베트가 말했어요. "오베트 씨" 하고 말하며 레오는 자기 차 안으로 들어가더군요. "아브라모비츠 부인을 잘 돌봐주세요." "무슨 일이에요?" 오베트가 넋을 놓은 내 얼굴을 보고는 묻더군요. 보세요, 사뮈엘, 우리가 용기라고, 투지라고 부르는 것은 숙명 앞에서 속수무책인 우리의 상황을 위장하기 위해 우리의 자존심에서 나온 말일 뿐이에요. "이 사람이 당신에게 함부로 대했나요?" 오베트가 뜬금없이 그렇게 묻더군요. 레오가 웃으며 말했어요. "이 사람 정말이지 멋지군요! 그런데 오베트 씨, 이 차문 좀 놓아주시면 고맙겠습니다. 내가 시동을 좀 걸어야 해서요.""난 당신 어조가 마음에 들지 않아요, 선생. 성함이?""펭슈요." 레오가 대답했어요. 오베트가 신경질적으로 말하더군요. "당신 이름 같은 건 아무래도 좋습니다. 당신이 누구인지도 관심 없어요. 다만 당신의 어조, 당신이 주느비에브에게 가하는 영향력이 싫은 겁니다." 레오가 대답했어요. 그의 자제력이 무너지고 있었어요. "오베트 씨, 당신이 혹시 남녀 관계라고 불리는 이런 역겹고 복잡한 상황을 좋아한다면, 여기 아브라모비츠 부인을 추천하지요. 자신있게 아브라모비츠 부인을 추천할 수 있답니다." 레오가 비꼬았어요. 그는 흥분하기 시작했어요. 오베트가 차문의 손잡이를 놓지 않자 레오는 차 밖으로 나와 오베트를 위아래로 훑어보며 이렇게 말했어요. 여담이지만 오베트는 레오보다 머리 하나가 더 컸으니까요. "아브라모비츠 부인은 온순하고 내성적이고 다정하고 배신에 능하죠. 이 여자는 사람을 가장 천박한 본능에 묶이게 하는 모순적인 자질의 보따리를 갖고 있지요. 훌륭한 애완동물이라는 말 외에 달리 칭찬을 할 수가 없네요. 내 말 잊지 말아요." 잔뜩 언짢아진 오베트가 내게 묻더군요. "주느비에브, 내가 개입해도 되겠어요?""아브라모비츠 부인은 권위적인 남자를 좋아하죠, 친구, 그녀의 허락을 구하지 말고 개입할 만하면 하라고요.""입 닥쳐!"하고 오베트가 갑자기 거칠게 와이퍼를 움켜쥐더니 말 그대로 그걸 앞창에서 뜯어내더군요. 그런데 이런 말까지 해도 될지 모르겠네요, 하고 주느비에브가 말하더구나. "오베트는 그걸로도 부족하다는 듯 고무패킹이 덜렁거리는 그 우스꽝스러운 막대기로 레오를 위협하면서 히스테리컬하게 소리쳤어요. "꺼져. 꺼지라고!""뭐라고 말 좀 해봐요. 당신 정말 요란한 인물을 찾아냈는걸!"레오가 비꼬더군요. "아브라모비츠 부인에게 그런 식으로 한마디만 더 해봐. 네 얼굴을 후려쳐주지!"오베트가 막대기를 겨누며 소리 질렀어요. 그 말에 레오는 완전히 흥분해서는 아주 거칠게 오베트의 팔과 와이퍼를 후려치더군요. 오베트는 자동차 보닛 위에 나동그라졌어요. 이윽고 레오는 자동차 안으로 들어가 오베트가 다시 일어나기 전에 시동을 걸고는 차창을 내리고 소리쳤어요. "비켜, 찌질한 녀석아!"그리고 저에게 그를 가리키며 말하더군요. "잘했어, 주느비에브, 이정도면 일급인걸!"그는 전속력으로 차를 출발시켰고, 저는 다시는 그를 보지 못했어요. 이틀 후 그는 이 세상 사람이 아니었거든요."

우리는 침묵 속에서 건배를 했어. 그녀와 나는 침묵 속에서 멍하니 생각에 잠겼단다. 나는 몸을 돌려 유리창에 비친 장루이 오베트, 레오폴드 펭슈를 죽인 자의 현재 모습을 바라보았어.

솔직히 말해서 그 모습은 이제 그리 대단해 보이지 않았어. 테른 광장에 있는 식당 탁자 앞에 혼자 앉아서 창문 너머로 지나가는 차들의 그림자를 바라보는 노인이었을 뿐이야.

"당신은 그를 원망했나요?"

"몹시요."

"오늘 밤까지요?"

"아뇨, 이제 더이상은 아니에요." 그녀가 지친 모습으로 나직하게 말했어.

우리는 연민이라는 감정이 모든 형태의 활력에 치명적인 영향을 미친다는 데 동의했어.

가차없이 그를 증오함으로써 주느비에브는 오베트를 줄곧 기억할 수 있었지(그리고 오베트는 부당하게 비난받은 것이기에 더더욱 증오의 대상이 될 수 있었지). 그녀는 오베트를 노화로부터, 망각으로부터 구해낸 셈이야. 분노와 원망이 계속되는 한 그들의 가슴 아픈 이야기는 잊혀지지 않았지. 유리창에 비친 그의 약간 굽은 등, 전체적으로 풍기는 고독한 인상, 이제 주느비에브의 마음은 풀어져 있었어. 모든 것이 풀어져 있었지. 왜냐하면 유일한 현실은 마음속에 있는 거니까. 연민을 통해서 주느비에브, 오베트, 그리고 심지어는 레오마저도 사소한 존재로 돌아간 거야. 연민을 통해서, 시간의 침식을 통해서(연민과 시간의 침식이라는 건 같은 걸까? 그럴 거야) 샤를로 가의 이 일화와 뒤이은 죽음, 그리고 이어진 삶은 그저 미미한, 한없이 미미한 혼란으로 환원된 거지.

신을 붙잡고 흔들렴.

한 걸음 물러섬으로써 신이 세상에 올 수 있도록 하렴. 매일같이, 하루에도 여러 번, 평생 동안.

자랑할 순 없지만 나는 그 작은 걸음을 내딛었어. 애야, 말하기 부끄럽지만 난 단 하루도. 단 한 번도 대답을 기다리지 않은 채, 내 말을 들어주리라 바라지 않은 채 말한 적이 없어. 유대인, 진짜 유대인이 신에게 말합니다. 난 당신에게 복종해왔습니다, 오십시오. 당신을 위해 이 세상에 자

리를 마련해놓았습니다. 난 당신으로부터 아무것도, 정말이
지 아무것도 바라지 않습니다.

삶을 붙잡고 흔들렴. 그래, 나는 그렇게 했단다. 하지만
보렴, 이 일에는 주어진 규칙 같은 건 없어. 그리고 삶이란
말이다, 얘야, 만만하게 흔들려주질 않는단다. 인간은 안락
을 바라지. 삶을 뒤흔든다는 것은 정말이지 필사적인 길로
접어드는 거란다.

"주느비에브, 지금 이 순간을 제외하고는 모든 것이 비현
실적입니다. 얼마 지나지 않아 우리 셋 모두는 땅 속에 묻
힐 겁니다. 장루이 오베트에게 합석하자고 청합시다."

"내 모습 어때요?"

"아름다워요."

"늙어 보여요?"

"아뇨."

"그럼 그러세요."

장루이 오베트는 생선 요리를 다 먹어가고 있었어. 나는
그에게 실례한다고 말하고 그가 오랫동안 만나지 못한 여
자가 그와 이야기를 나누고 싶어한다고 말했지. 그는 내 말

을 듣더니 주느비에브 쪽을 돌아보았어. 그때 예상치 못한 일이 일어났단다. 주느비에브가 내 쪽으로 눈길을 들더니 나를 향해 무슨 의미인지 알 수 없는 손짓을 하고는 웃기 시작했어. 내프킨으로 입을 막고 쿡쿡거리며 웃었지. 장루이 오베트는 그런 그녀를 잠시 바라보더니 다시 내게로 고개를 돌렸어. "저 사람이 누구입니까?" 그가 묻더구나.

"주느비에브 아브라모비츠입니다." 내가 대답했지. "저 분을 웃게 만들어서 기쁩니다. 그런데 저는 저 분을 모릅니다."하고 말하며 그는 마지막 남은 감자를 포크로 찍었어.

"하지만 당신은 장루이 오베트잖아요." 내가 어리석게도 말했지.

"그런 사람 모릅니다." 그는 나를 돌려보냈단다.

아들아…, 내가 무슨 말을 했어야 할까?

앞으로도 오랫동안 너는 그렇게 바보짓을 하겠지? 말레이시아에서의 전율, 요르단에서의 작은 문화 충격, 그런 다음 뤼베롱에 있는 다른 멍청이들의 집에서 3개월간의 휴식. 요즘 세상은 누구에게든 열려 있지. 모든 게 알려지고 모든 곳이 탐사되었지. '인간의 발길이 닿지 않은' 장소는 더이상 없어. 나는 마침내 아프간인들에게, 그리고 모든 광신도에게 어느 정도 공감하기에 이르렀단다. 적어도, 넌 그들에게 가지는 않을 테지. 너희 패거리들은 파미르 고원의 언덕으로 몰려가 그곳을 더럽히지는 않을 테지.

아들아.

냉장고를 열어봤니? 냉장고가 얼마나 딱한 상태인지 봤니? 이곳에서도 그렇고 앙페르 가의 집도 그렇고 똑같은 냉장고에 똑같이 한심한 상태란다. 낭시는 그런 것에 신경을 쓰지 않아. 그녀는 그런 사소한 것에 초연하단다. 다시미엔토는 내가 좋아하는 식품을 사는 법이 없어. 냉장고를 열면 지금 뭐가 있는지 아니? 카라멜 푸딩, 과일이 든 크림 치즈, 마시는 요구르트뿐이란다. 제롬을 위해 사놓은 것 같아. 한 달에 세 차례 오는 제롬이 내 냉장고 속 내용물을 좌우하는 거지. 제롬은 지적으로 조숙한 아이인 것 같아. 두 살 반 밖에 안 되었는데 운율을 맞출 줄 알거든. 저번 날 네 누이가 "나는 버터 바른 빵을 먹는다."라고 말했어. 그랬더니 제롬이 즉각 이렇게 덧붙이더구나. "그래서 나는 얼굴이 예뻐." 모두들 경탄했지. 나도 동조했어. 나는 그런 것에 대해 아무것도 몰라. 누군가 나는 버터 바른 빵을 먹는다고 했을 때

두 살 반짜리 아이가, 나는 얼굴이 예뻐, 라고 대답하는 것은 특별한 일이겠지. 어쨌든 여기 소중하게 여겨지고, 사랑받고, 칭찬받는 존재가 있어. 내가 받은 인상으로는 출발이 좋은 아이지. 내 아들인 너는 딱하게도 플랑비 카라멜 커스터드도, 마시는 욥 요거트도 갖지 못했지(냉장고를 닫는 순간 이런 상품명들이 떠오른단다). 나는 네가 어릴 때 썼던 시들이 기억나지 않는다. 만약 내가 너를 사랑했다면, 아이라는 이유로 너를 떠받들지 않은 게 당연해. 낭시와 네 엄마의 관점을 보자. 두 사람은 내가 너에게 트라우마를 주었다는 거야. 두 사람이 나에게 우스꽝스러운 예를 들더구나. 여러 가지 일화 중 하나를 들어보자. 어느 날 네 엄마와 나는 네 선생님을 만나러 갔어. 넌 읽기와 쓰기를 시작한 참이었다. 네 여선생님은 만족해했어. "전 기뻐요. 올해 그 애가 사회성이 좋아졌어요. 작년에는 다른 아이들과 노는 데 참여하지 않고 자기 세계에 머물며 나이에 어울리지 않는 질문들을 던졌거든요." 하고 그녀는 말했어. 네 엄마와 선생님은 너의 그런 긍정적인 발전에 기뻐했지. 그들에게 동의하는 대신 나는 너를 냉정하게 대했어(다섯 살짜리 아이에게 말이야!). 왜냐하면 네가 부화뇌동하고 다른 사람들과 뒤섞

여 스스로를 잃어버리는 것에 기뻐할 수가 없었거든. 또 다른 학교생활의 일화를 들어보자. 그보다 훨씬 나중의 일이지. 고등학교 때 너는 수학시험 결과를 들고 학교에서 돌아왔어. 너는 5등을 했고, 5등을 했다는 사실에 몹시 좋아했지(평소 때 너는 꼴찌에서 두 번째였거든). 나는 너에게 '스핏파이어' 전투기 모형을 사준다고 하는 대신 실망한 어조로 이렇게 말했어. "어째서 1등이 아닌 거냐?" 이 말을 듣고 너는 울기 시작했어. 네 방으로 뛰어 들어가 문을 쾅 닫으며 이렇게 소리쳤지. '아빠는 만족을 몰라요! 아빠는 정말 재수없어요!" 제롬 역시 언젠가 자기 아버지에게 아빠는 넌 덜머리가 난다고 말할 수 있겠지. 그런 말에 미셸은 별로 속상해하지 않을 테고 말이야. 하지만 내가 자랄 때에는 자기 아버지에게 그런 말을 해도 되는 분위기가 아니었어. 나는 네 방으로 들어가서 너를 두들겨 팼지.

이 사건이 재미있는 점은 내가 그렇게 했음에도 아들을 강하게 만드는 대신 허약하기 짝이 없는 녀석으로 만들었다는 거야. 적수조차 되지 못하는 녀석으로 말이야. 네가 내 적수이기만 해도 얼마나 좋을까! 사악할 정도로 연약한 네 무기력 속에서 나는 무관심과 일말의 거짓 겸손을 본다. 만약 내가 잘못한 거라면, 난 그 벌을 받은 게 틀림없어. 나는 내 아들을 완전한 이방인으로 만들었으니까.

너를 칭찬하기를 좋아하는 낭시는—너그러움의 측면에서 보자면 친절한 새엄마는 추천할 만해—이런 흥미로운 고찰을 했지. "사람은 다른 사람들의 경우에는 용납할 수 없는 것을 자기 자식의 경우에는 받아들인다." 당신은 그 말을 어떻게 생각해, 여보(언제부턴가 나는 낭시와 함께 있을 때는 새끼양처럼 순해진단다)? 그 말은 승리일까 아니면 굴복일까? 낭시는 짜증을 내며 대답하더구나. "승리도 굴복도 아니야. 그냥 하나의 사실일 뿐이지." 나는 낭시와 한 번도 말다툼을 벌인 적이 없어. 그녀가 우울증을 앓던 축복받은 시기에는 그녀의 무관심을 동의로 간주했고, 그녀가 지적으로 싸울 수 있다는 것을 자랑하게 된 이후에는 입을 다물었지. 그러니까 넌 내가 네 새엄마에게 하지 않았던 대답을 처음으로 듣게 되는 셈이야. 만약 시간의 마모가 이 정도로 우리를 갈라놓지 않았더라면 나는 그녀에게 직접 이렇게 말했을 거야. 내 귀여운 낭시, 아이들은 인간 욕망의 가장 아래쪽 단계에 있을 거야. 만약 우리가 아이들을 갖기로 한다면, 그건 적어도 삶의 마지막에 '함께 이야기를 나눌 누군가'를 갖고자 하는 희망에서일 거야. 낭시, 나는 이미 내가 늙었다는 사실을, 내 육신의 패배를 받아들이고 있는 중이야. 나는 삶이라는 게임에서 졌다는 것을 인정해. 카드 게임에서 패 떼기에 실패한 것처럼 말이야. 난 인정해. 요즘 들어 만사가 둔화되고 있다는 걸 말이야. 심지어 내 육신이 조금 더 오래 버텨준다 해도 더이상 아무것도 진행되지 않으리라는 것도 인정한다고. 내 불빛이 서서히 꺼져가고 있다는 사실을 인정해. 평범한 죽음이 내가 있던 자리를 차지할 거라는 것도 인정하는 거야. 낭시, 난 지금 내가 살아온 시간의 한 장章이 보잘것없었다는 사실도 받아들이는 중이야.

이런 상황에서 내가 내 자손의 어리석음에까지 적응해야 할까, 여보? 어떤 존재의 세계관이 내게 욕지기를 불러일으키는데, 내 유전자를 받았다는 이유로 그 존재를 용서해야 할까? 한마디로 말해서 어느 누구와의 싸움에 말려들지 않는 것을 이상으로 삼고 있는 못난이를 마지막 대면이라는 이유로 인정해야 할까—생각만 해도 몸이 부르르 떨리는군—? 할 수 있었다면 난 그녀에게 이렇게 말했겠지. 낭시, 난 아들이 세상의 나머지와 닮지 않는 게 좋다는 철학을 갖고 있어. 다른 사람들에게 좋은 것이 내 아들에게는 좋은 게 아니라고. 난 상관 안 해, 하고 나는 낭시에게 말했겠지. 그녀가 나로 하여금 거기까지 말하도록 내버려두지도 않았 겠지만 말이야. 난 상관 안 해, 잘 알아둬. 그 녀석이 자바 섬과 버뮤다 제도 사이를 떠돈다고 해도 내겐 상관없어. 내 가 불필요하게 이 문제를 자주 언급하는 건 이 터무니없는 지역에 대한 언급이 나의 빈정거리는 성향에 먹잇감을 제 공해주기 때문이야. 나는 그 애의 삶의 방식에 상관 안 해. 그 애가 여기 있든 저기 있든 상관없어. 그 애가 어떤 일을 하든 관심 없다고. 사회적 관점에서 그 애의 시시함이 어느 정도 용납되는 것이라 해도 상관 안 해. 그 애가 무엇을 하 든, 그 애가 어디를 가든, 인파를 헤치며 나아가든, 자신이 아무 야망도 없다고 소리 높여 주장하든 간에, 내 아들은 오늘날의 세상에 '잘 적응하고' 있어. 나는 '잘 적응하는 인 간'을 낳았어(말하자면 자기 아버지를 제외한 모든 것에 잘 적응 하는 인간인 거지). 내가 낳은 자식은 돌연변이를 일으킨 모 기들처럼—〈시앙스 에 아브니르(과학과 미래)〉라는 잡지에 서 나는 런던 지하철 공사 때 갇힌 특정 종류의 모기들이 살아남기 위해 알려진 것보다 백배 빠르게 돌연변이를 일으켰다는 기사를 읽었어— 결국 세상의 긴급사태에 잘 적응한 거지. 합리적인 맥락 속에서 죽을 때까지 웅크리고 있을 수 있는 몇몇 안락한 틈새를 스스로에게 마련해준 거야. 얘야, 청소년 시절 네게는 신경성 문제, 복수에 대한 강박관념, 과도한 면이 있었어. 나는 그런 아들을 인정했어. 내게 적대적인 아들이었지만, 나는 그런 아들을 인정했다고. 넌 그 나이 때의 아이들이 갖는 절대에 대한 그 우스꽝스러운 갈증에 차서 나에게 맞섰지. 나는 속으로 중얼거렸어. 이 아이는 무척 격렬하군, 평범한 무리로부터 벗어날 거야. 하지만 넌 아무것으로부터도 벗어나지 않았어. 일단 청춘의 격변기가 끝나자 넌 다시 평균치의 대열 속에 자리를 잡았어. 반항의 흔적 같은 것은 더이상 찾아볼 수 없었지. 복수의 흔적도 더이상 없었고, 열정의 흔적도 더이상 없었어. 한 남자를 만들 자양이 되는 모든 것, 그를 강하게 하고 그로 하여금 자신의 조건을 넘어서도록 이끌어줄 모든 것을 너는 망각의 뒤안길 속에 던져버렸어. 넌 열기를 절도로 바꾸었어. 심지어 낯선 곳에 발을 디디기도 전에, 불확실한 지역으로 들어가기도 전에 말이야. 얼마 지나지도 않았는데 너는 네 목숨이 어떻게 될까봐 걱정된 거야, 내 딱한 아들아. 네 친구들, 그 무기력한 녀석들처럼 너는 모든 행동에 값을 치러야 한다는 걸 알아. 그래서 처음부터 아예 두드러지지 않는 편을 선택한 거야. 고통과 거리를 두는 것, 그것이 네 모든 관심사였어. 고통과 거리를 두는 것, 너는 그것으로 모험을 대신했어. 여러분에게 내 아들을 소개합니다. 잘린 꽃다발에서 나온 한 송이 잘린 꽃 같은 녀석이죠. 나는 네가 차라리 범죄자거나 테러리스트이기를 바라. 행복의 투사보다는 말이야.

나는 그 애가 행복의 투사이기보다는 차라리 범죄자가 되는 편이 더 나았을 것 같아, 하고 나는 낭시에게 말했겠지. 부부 사이의 외로움이 모든 교류를 무화시키지 않았다면 말이야. 그게 무슨 극적인 과장이에요! 하고 낭시는 웃음을 터뜨리며 내 얼굴을 어루만졌겠지. 우리의 결혼생활이 붕괴되면서 어떠한 애무도 할 수 없게 되지 않았다면 말이야. 나는 솟구치는 애정을 느끼며 이렇게 말을 이었겠지. 낭시, 내 마음의 소리에 따르면 남자는—발에 차이는 그런 흔한 남자가 아닌 진짜 남자 말이야—잔혹함을 선택해. 그는 적응하지 않아. 그는 증오를 부인하지 않아. 증오는 그에게 양분을 주고 그를 담금질하지. 영국 모기처럼 자기 자신을 부인함으로써 살아남는 걸 경멸해. 그는 세상을 순순히 긍정하지 않아. 그는 당신의 멘토 앙드레 프티포트르처럼 가련하고 좁아터진 자신만의 동굴 속에 웅크린 존재가 아니라고, 여보. 프티포트르는 자신의 책에 관한 기사를 갖고 집으로 돌아오고, 그의 아내는 그의 성기를 허겁지겁 삼키지. 그러면 그는 세상이 잘 돌아가고 있다고 생각해. 이게 보통 남자들이 사는 방식이야. 내 아들 또한 세상이 잘 돌아가고 있다고 생각하지. 미개인들의 땅에서 우리가 사는 곳으로 돌아올 때 그 애의 태도가 딱하게도 우월감에 차 있다는 걸 봐야 해. 내 마음의 소리에 따르면 진짜 남자는 서아프리카의 밤바라 부족에게든 지성인들에게든 인정받는 것에 연연하지 않아. 그는 사랑받기를 원하지 않아. 그는 정복하기를 원해. 그는 치유가 아니라 승리를 원해. 내 마음의 소리에 따르면 진짜 남자는 새벽을 깨우지, 하고 나는 장광설이 가져온 흥분 속에서 결론을 내리며 낭시의 눈에 고인 눈물을 힐긋 바라보았겠지. 하지만 낭시는 별것 아닌 것에는 하루에도 여러 차례 눈물을 흘리면서도 이런 도약적인 사고에는 면역이 되어 있어.

이 모든 것이 나에게 리오넬과의 최근 대화를 떠올리게
하는구나. 리오넬이 흥분해서 내게 전화를 걸어왔어. 유대
전통 속에서 인간의 삶이 최고의 가치로 간주된다는 것을
막 발견했다는 거야. 그가 혐오스러워하는 듯한 어조로 말
했어. "너는 삶을 선택해야 한다. 신명기. 모세의 마지막 가
르침. 네가 삶을 선택해야 한다는 게 도대체 무슨 뜻이야!?
이 굴욕적인 구절에 대해 나에게 좀 설명해줘!" 내가 그 구
절의 비문학성에 관한 주석을 더듬거리며 말하자(나는 언제
나 모든 유대 금언에 대해 긍정적인 동시에 틀릴 위험이 있는 설
명을 할 자료를 갖고 있단다), 리오넬이 전화기에 대고 소리쳤
어. "그리스인 만세!"

낭시에게 이런 이야기를 했다면 나는 녹초가 되어버렸을
거야. 누군가를 비난하게 되면 이내 녹초가 되어버린다니
까. 왜냐하면 비난을 통해 그가 전달하고 싶은 건 사실 '말
로 표현할 수 없는 것'이니까.

인간은 혼자란다, 얘야. 거대한 고독을 마주하고 있지. 전
적인 고독. 그리고 하나의 고독과 또 다른 고독 사이를 이
어주는 것은 거의 없어. 고독은 길게 이어지지. 우리가 만나

서 생기는 기쁨을 포착하기란 불가능해.

매일같이 세상은 나를 줄어들게 만들었어. 그런데 지금은 내 안에서 다름아닌 세상이 줄어들지. 그런 거란다. 결국 삶은 나를 이길 거야. 레오폴드 펭슈를 이긴 것처럼. 강렬하게 살고자 하는 모든 사람들을 이긴 것처럼. 그 무엇도 욕망의 수준에 이를 수 없단다, 애야. 고독 말고는 말이야. 내 평생은 욕망과 고독이라는 이 두 단어 사이에서 펼쳐졌어. 욕망과 고독은 시간 속에서의 내가 살았던 기간을 그려내지. 신은 자신의 것이 아니었던 공간을 만들어내기 위해 물러선 것 같아. 모든 것이었던 신, 결핍을 몰랐던 신이 다른 존재들이(이 역시 그로서는 낯선 개념이지) 이 저주를 실험에 옮길 수 있도록 스스로 물러선다는 어이없는 생각을 했지. 삶의 불완전성에 대한 이런 의문에 대해 아르튀르는(이 친구 생각이 지금 이렇게 갑작스럽게 떠오르다니 놀랍군) 겸손하지 못하다고 나를 비난했어. 그는 주장했어. 보라고, 아인슈타인 같은 사람들, 에른스트 루비치* 같은 사람들, 브루노 발터** 같은 사람들을 좀 보라고. 내가 아는 이름들, 내가

---

* 독일 출신의 미국 영화감독

모르는 이름들이 길게 이어졌어. 모두 어느 정도 유형의 길을 걸은, 역사와 삶에 의해 내동댕이쳐진 사람들이었지. 삶에 대한 그들의 환희, 낙관주의, 자기연민의 부재로써 나에게 교훈을 주어 마땅한 이들이지. 나는 그 목록에 상반되는 다른 목록을 만들고 싶었어. 마찬가지로 역경에 처했었지만 기질적으로 덜 튀는 사람들로 채워진 목록 말이야. 하지만 문화적인 것에 문외한인 내 머릿속에는 그 어떤 이름도 떠오르지 않더라고(하지만 이제 날이 갈수록 풍부해진 내 목록으로 난 그 친구를 때려눕힐 수 있을 거야).

겸손이 부족하다고? 그럴 수도 있지. 하지만 어째서 내가 겸손하게 처신해야 하는 거지? 무엇 앞에서, 누구 앞에서?

삶이 우리에게 좋은 것을 제공하는 한 삶을 받아들이라고 그 멍청한 친구는 말했지. 삶이 내게 무엇을 주었다는 거지, 이 멍청한 친구야, 내가 뭘 포착하지 못했다는 거지? 유일한 현실은 자기 안에 있어. 유일한 현실은 말이야, 아르튀르, 내 욕망 속에 은신해 있어. 거기에 세상이 준 건 들어 있지 않다고.

** 독일의 지휘자

리오넬은 어제 아침 나에게 자신은 바닥을 쳤다고 말하더군. 내가 그에게 대답했지. 그렇다면 하루 계획으로 비탄과 맞서 싸워 봐. 아, 자네는 아직 그 단계에 있군, 하고 말하며 그는 한숨을 내쉬었어. 자네는 여전히 계획하고 투쟁하지. 하지만 나는 하늘에 감사하게도 마침내 바닥을 쳤어.

특이성에 주의하렴, 리오넬, 내 친구, 그 누구보다도 열정적인 사내인 그는 줄곧 열정의 부재를 추구한단다. 내가 고통스러운 건 말이야, 얘야, 내 눈에 비친 네 시선이야. 연민과 권태 사이를 오가는 시선 말이야. 어쩌면 짜증일 수도 있어. 넌 내 말을 듣지, 넌 신경을 집중하려고 애쓰지, 하지만 네 귀에 들리는 그 어떤 것도 네 안에 머물지 않아. 아무것도 네게 와 닿지 않고 너를 감동시키지 않아. 자신에게 집중하지 않는 상대와 함께하는 것이야말로 그 무엇보다 큰 고독으로 통한다는 사실을 알고 있니? 넌 그걸 느꼈니? 너는 상대가 네 말을 듣고 있고 네가 사랑받고 있다고 여기지만 사실 상대는 줄곧 그 자리에 없었던 거야. 네 방심은 말이다, 아들아, 지독하단다. 나는 네 손을 잡을 수 있지만, 그 순간 네 마음은 까마득히 먼 곳에 가 있지. 우리는 최소한의 것도 함께할 수 없단다. 네 눈 속에서 나는 너의 몰이해와 나의 늙음을 읽는다. 포기를 읽고, 고독을 확인하지.

낭시에게 그런 말을 했다면 나는 즉각 기진맥진해지고 말았을 거야.

"왜 그토록 과격한 거야, 어째서 부드럽고 너그러운 태도를 갖지 않는 거야?" "맞아, 낭시, 나도 그게 안타까워." "그렇다면 왜 그러는데?" "나는 나 자신과 균형을 이뤄야 하거든." "자기 자신과 균형을 이룬다는 게 전력을 다해 상대를 비꼬고 비인간적으로 행동하는 거야?" "그럴걸." "그런 자기만족이 어딨어!" "여보, 내게 약간의 미래가 허락된다면 나도 균형 잡힌 태도를 취할 수 있을 거야. 하지만 지금 내게는 더이상 뭔가를 심사숙고하여 구상할 욕구가 없어. 내 자아, 내 허영의 산물에 대한 것이라도 말이야. 섬세한 수정을 하기에 나는 쇠퇴에 너무 가까이 다가가 있어. 얼빠진 내 친구들과 더불어 공원의자에서 삶을 끝내기 전에 나로 하여금 불관용을, 신의 선택을, 비공정을 설교하도록 내버려둬 줘, 내 너그러운 친구 낭시. 내가 무절제하게 말할 수 있도록 해 줘, 이게 판돈을 좀 더 건질 수 있는 유일한 방법

이야. 공정성 같은 건 집어치워. 당신 친구 다시미엔토가 일
년도 안 된 숄테스 전기렌지를 엉망으로 만들었어. 당신은
그 여자에게 물어봤지. 도대체 어떤 수세미로 문질러 화력
표시계를 지워버렸는지 말이야. 공정성 같은 건 없어. 그 여
자의 문제점은 사람들이 선반 위에 죽은 당나귀를 얹어놓
아도 그녀의 눈에는 안 보이리라는 거야. 그녀가 요리하는
주방을 만드느라 나는 20만 프랑을 들였어. 그런데 아침마
다 주방에 와서 환한 얼굴로 두 팔을 치켜들고 그곳을 돌며
기뻐하는 대신 그 여자는 역사상 중요한 온갖 처형을 정당
화해주는 비참하기 짝이 없는 표정을 짓는다고. 어느 11월
30일 아침 8시, 앙페르 가에 있는 그곳에 그녀가 원하는 만
큼 기분 좋게 햇빛이 들지 않는다는 이유로 말이야. 공정성
이란 없어."

정원은 내 전부란다.

난 모든 걸 내가 하고 싶은 대로 했어. 어떤 방법을 동원
하든 간에 말이야. 다짜고짜 꽃부터 시작하진 않았지. 우선
은 나무를 심고, 다음에는 채소를 가꾸었어. 그리고 어느 날
잔디를 심었어. 나는 잔디를 가꾸는 게 참 쉬운 일인 줄 알

았어. 하지만 잔디를 심어놓자마자 내 정원은 잡초가 무성한 들판이 되어버린 거야. 사실 정원의 잔디는 유지하는 데품이 많이 들어. 늘 깎아주고 물을 줘야 해. 그때 그걸 내가어떻게 알았겠니? 결국 나는 잔디를 제대로 가꾸는 법에 대한 책을 몇 권 샀단다. 돈도 엄청 쓰고 실패도 많이 했지. 그런 과정을 거쳐서 오늘날 내 정원에 진달래와 철쭉, 네 가지 품종의 장미가 자리 잡게 된 거야. 보름 전에 포르튀네부부가 내 정원을 보러 왔었어. 르네와 그의 아내 잔은 정원을 보고 정말 깜짝 놀라더구나. 난 그 두 사람에게 내 전지용 가위 컬렉션을 보여줬지. 원한다면 나중에 네게도 보여주마. 한번 볼래? 난 전지용 가위를 스무 개쯤 갖고 있단다. 그런데도 언제나 이미 있는 것보다 더 좋은 가위를 만날 거라고 믿지. 가위날이 예리할수록 더 깔끔하게 자를 수있거든. 때로는 구형 가위들에게로 돌아가기도 해. 마음에드는 가위들이 몇 개 있지. 가위가 닳아서 못 쓰게 되어도난 버리지 않아. 사용했던 가위 하나하나에 애착이 있거든.포르튀네 부부는 삽이나 분무기—사실 난 분무기만 보면좋아서 정신을 못 차리는 편이야—같은 내 정원용 연장에깊은 관심을 보이더구나. 또한 흙을 비옥하게 만들거나 급 수 시스템을 정착시키는 과정에서 생긴 문제, 화단에 테두리를 설치하는 계획도 몹시 흥미로워 하더라고. 그날은 몹시 춥고 흐렸어. 그들은 정원을 산책하다가 덤불, 나무, 작은 담장 앞에서 걸음을 멈추곤 했어. 나는 그들을 정자에서 보고 있었지. 그리고 나 자신에게 말했어. 네가 무슨 불평을 하는 거니, 저기 친구들이 있는데.

다음 순간 르네가 한 가지 행동을 했는데, 가슴 뻐근한 감정 없이 이 얘기를 할 수가 없구나. 그는 몸을 숙이고 낙엽을 한 움큼 모으더니 그걸 잔의 머리 위에 뿌리더구나. 잔은 웃음을 터뜨리며 항의하더니 떡갈나무를 돌아 그를 좇아가서는 찰싹 때렸어. 그녀의 털모자 위에 나뭇잎 하나가 무슨 방울술처럼 매달려 있었어. 그녀는 편상화를 신고 어색하게 떡갈나무를 빙글빙글 돌며 뛰었지. 이어 두 사람은 웃음을 터뜨리며 빙빙 돌았어. 르네가 반대방향으로 익살스럽게 걸어가자, 잔은 동작을 멈추고 나무 둥치에 몸을 기대고 숨을 헐떡이더구나. 그러자 그는 장갑을 낀 그녀의 손을 잡더니 거기에 입맞춤을 했어.

"르네에겐 도대체 취향이란 게 없어.'라고 말한 내 말의 뜻을 아르튀르는 결코 이해하지 못했지. "르네의 집 거실이 얼마나 볼썽사나운지 자네 봤지." 하고 말하는 내 말의 의미를 그는 결코 이해하지 못했다고. 르네의 집 거실이 볼썽사납다는 말이 사실은 애정의 표현이라는 것, 포르튀니 집 거실의 볼썽사나움을 주목할 만한 것으로, 결정적인 것으로, 대단한 것으로 만드는 것이야말로 깊은 사랑의 표시라는 사실을 포착하지 못하는 사람과는 관계를 계속할 수가 없어.

잿빛 하늘 아래 떡갈나무 주위를 돈 두 사람의 짧은 달리기(요컨대 나는 무엇보다도 낮은 잿빛 하늘이 좋아), 장갑 낀 손 위의 그 입맞춤은 잔과 르네 포르튀니에 대한 내 애정을 배가시켰단다.

40년 전부터 리오넬은 자기 창을 통해 오직 한 나무의 변모 과정을 주시하지. 매일, 매 계절. 헐벗은 가지들, 처음으로 싹을 틔운 잎, 여름, 가을. 여전히 푸르고 여전히 아름답고 정상적인 크기를 가진 잎들은 모두 아래쪽에, 빛에서 먼 쪽에 있어, 하고 그는 말하지. 맨 위에 있는 잎들은 퇴색

한 황갈색, 부서지기 쉬운 잎, 너덜너덜해진 것들이야.

여러 그루의 나무들과 녹음 가운데서 내 시간의 절반을 보내는 나는 리오넬이 보는 걸 보지 못한단다. 제대로 보려면 유일한 단 하나의 대상만을 봐야 하는 거지. 리오넬이 내게 말하더구나. 올해는 새둥지가 사라졌어.

〈카프리치오 소프라 라 론타난자 델 수오 프라텔로 딜레티시모(사랑하는 형의 여행에 붙인 카프리치오)〉(BWV 992). 바흐의 소품(길이 면에서) 하나, 그 아름다움을 피아니스트 루돌프 제르킨 덕택에 발견했어. 리오넬을 통해서 말이야. 우리 두 사람은 오늘 아침 전화기에 대고 〈친구들의 애가〉 아다지오시시모를 함께 불렀지.

파미미레레도 숨쉬고 시도시시라라솔솔파파미미 숨쉬고.

리오넬이 내게 말하더구나. 잠에서 깬 다음 이 노래를 들었는데, 그날 하루 다른 경험을 하려고 한다는 게 바보같이 여겨졌다고. 반복된 그 음들, 그 침묵들, 그 휴지부들이 그의 몸을 통과해 흘러나와 그의 마비상태를 정당화해주었지.

바흐 전문가들의 말에 따르면, 이 곡은 풍자가 가미되어

있지만 바흐가 젊은 시절 작곡한 사랑스러운 작품이라고
해. 말이야. 전문가들은 세상을 무미건조하게 만든다니까.

마리사 보통은 지금 예순 살이야.

어느 날 나는 그녀의 성기 속에 토블론 초콜릿을 집어넣
었다가 꺼내서 나누어먹었지. 그 초콜릿은 그녀가 자기 아
들을 위해 사놓은 거였어. 처음에 그녀는 가볍게 한잔 하자
는 내 제안을 거절했었어. "루앙에서는 낯선 사람과 술을
같이 마시지 않는답니다."

"난 낯선 사람이 아닌데요."

"당신은 더 곤란해요. 내 남편에게 물건을 납품하는 사람
이잖아요."

"좋아요, 그렇다면 난 당신을 이 복도가 아닌 곳에서 만
날 가능성은 전혀 없다는 건가요?"

"그래요."

난 그 말이 그 반대의 뜻이라는 걸 알고 있었단다.

당시에는 전화가 오늘날처럼 그렇게 흔하게 보급되어 있
지 않았어. 상대에게 직접 전화가 연결되는 게 아니라 교환
원을 거쳐야 했지. 나는 오스티나토 씨로 행세했어. 음악용

어에서 즉흥적으로 차용한 이름이지. 오스티나토 씨가 누구신데요? 전화 교환원을 거치고 나서도 그녀와 직접 통화할 수가 없었어. 왜 전화를 걸었는지 이유를 따져 묻는 목소리에 대답해야 했지. 오스티나토 씨는 업자고, 개인 자격으로 견적서를 제출하고 싶어한다고 해두었어. 오스티나토라는 이름은 단 한 번만 사용했어(마리사가 그걸 최악의 아이디어로 여겼거든. 오네에서는 모두 서로 잘 알고 있으므로, 별 것아닌 걸로도 누군가 그녀 남편에게 충분히 그들의 집을 수리하는지 어떤지 물을 수 있다는 거지). 하지만 오스티나토 씨의 대담성과 환상은 매혹적이었지. 오스티나토 씨는 4월 어느 날저녁 여섯 시에 디에프 호텔 바에서 그녀와 만날 약속을 할수 있었어.

그녀는 조금 실망스럽게도 밝은 색 레인코트를 입고 15분쯤 늦게 도착했어.

그녀를 갖는 데는 여섯 달이 걸렸어. 오스티나토 다음에다른 이름, 다른 술책, 다른 짧은 만남이 이어졌지. 역에서,라 포스트 호텔의 바에서, 고궁의 바에서, 디에프 호텔에서,스카치 식당에서, 앙글르테르 호텔의 지하 바에서 말이야.그녀는 선글라스를 쓰고 와서는, 문을 바라보며 5분 동안 머무르면서 이렇게 말하곤 했어. 우리는 더이상 만날 수 없어요. 절 잊으세요. 그녀는 내 귀에 속삭였어. 난 당신을 원해요. 당신 생각에 잠을 이룰 수가 없어요. 하지만 그녀로서는 어쩔 수가 없다는 거야. 아들 · 남편 · 어머니 · 공장 · 루앙 · 우주가 있었으니까. 우리에겐 만날 장소도, 시간도 없었어. 난 미쳐갔지.

어느 날, 난 그녀를 가졌어. 잔다르크 가에 있는 라 포스트 호텔방에서 점심시간에.

삶을 뒤흔든다는 것.

넌 거기 멋진 식당에 앉아 있지. 좋은 와인을 주문했어. 넌 10만 벌의 잠옷을 팔아치우려 애쓰지. 넌 견적에 대해 의논하려 들지만, 고객은 고작 조건부로만 말할 뿐이야. 넌 출발이 좋다고 느끼고 골프나 다른 바보 같은 것들에 관해 이야기하지. 넌 고객과 더불어 이를 내보이며 활짝 웃지. (말이 나왔으니 하는 말인데, 내가 마음에 없이 웃는 걸 자연스럽게 하지 못한다고 너희는 언제나 나를 비난했었지.) 넌 웃지. 구매자는 몸을 앞으로 기울이고 넌 잔을 부딪치지. 넌 네가 확보할 이윤을 계산하면서 상대에게 정직한 표정을 지어 보이려 애쓰지. 그런데 하늘이 알까 무섭게도 넌 행복하지 않았어. 만족스럽지도 않았지. 그야말로 엉망이고 파멸의 기로에 놓였지. 마리사, 오네풀키에 사의 기획 및 계약 책임자인 크리스틴 보통과 너를 갈라놓고 있는 공허한 공간 속에서 떨고 있었던 거야.

어째서 사태가 거기서 머물지 않았을까? 잔다르크 가에서의 길지 않은 두 시간. 특별한 황홀경도, 심지어 처음 시작할 때의 감미로움조차 없는 거의 생경하기까지 했던 두 시간. 하지만 우리가 어떻게 상상을 포기할 수 있겠어? 상상을 포기한다면 우리는 어디로 나아가게 될까? 그 여자가 내게 꼭 맞는 사람이라고 여겨졌던 건 그녀가 좀 정상이 아니었기 때문이었어. 그녀는 그래요, 라고 했다가 다음 순간 아니에요, 라고 했어. 그러니까 그래요와 아니오를 동시에 말했지. 그녀가 내게 어울리는 여자였던 건 나로서는 그 여자를 도저히 이해할 수 없었기 때문이었단다…. 알겠니, 얘야, 심지어 오늘날까지도 내가 머릿속에서 그 여자를 새로 만들어내고 있다는 것을…. 그녀가 내게 맞았던 건 내가 줄기차게 그녀를 욕망했기 때문이야. 그녀는 손을 뻗어 잡으려고 하는 순간 어김없이 '뒷걸음질치는' 하나의 환영, 나를 유혹하는 궁극의 미끼같은 존재였지.

어느 날 저녁 마지막으로(거의 3년 동안 지속되었던 광기에 종지부를 찍은 마지막 날 저녁, 그 광기의 결과 나는 네 엄마와 별거해야 했지) 나는 디에프 호텔의 방에서 그녀를 기다렸어(그 행동을 내 나름으로 정의하자면 '기다림'이 될 거야). 그녀의 남편 보통은 매년 프랑크푸르트에서 열리는 인터스토프 섬유 전시회에 가 있었지. 그녀의 아들은 그녀의 여동생 집인가에 가 있었던 거 같아. 나는 사람 없는 바에서 슬쩍 집어온 두어 봉투의 감자튀김을 먹고, 수돗물을 마시고(당시에는 호텔방에 미니바도 텔레비전도 없었어), 〈파리-노르망디〉를 마흔여섯 차례 읽고 또 읽고, 정신 나간 사람처럼 가구에 부딪쳐가며 방안을 돌아다녔지. 새벽 두 시가 되도록 그녀가 오지 않자 나는 그녀의 집으로 전화를 걸었어. 그녀가 잠에 취한 목소리로 전화를 받더라고. 그 목소리가 나를 돌게 만들었어. 내가 말했지. 지금 호텔에서 나가 그리로 가겠어. 그녀가 대답했어. 아니, 아니, 그러지 마. 당신도 내 사정이 어떤지 알잖아. 나는 고함을 질렀어. 내가 알긴 뭘 안다는 거야. 난 이 악몽 같은 방에서 네 시간을 기다렸어! 그녀는 작은 소리로 속삭였어. 아들애한테 열이 있어서 집에 데리고 있어. 나는 그 말이 거짓말이라는 것을 알고 있었어. 내가 말했지. 나 역시 그래. 나 역시 열이 있다고. 그 여자는 소리 내어 웃더니 전화를 끊어버렸어. 나는 다시 전화를 걸어서는 고함을 질렀지. 당신과는 이제 끝이야. 당신은 일개 시골 창녀에 불과해. 심지어 예쁘지도 않다고, 당신은 '아무것도 아니야'! 나는 진짜 정신이 갈가리 찢긴 상태로 그날 밤으로 파리로 돌아왔어.

다음날 아침 내가 사무실로 출근하는데, 카푸신 대로에서 어떤 사람이 아프리카 사헬 지대*인지 뭔지에 대한 구호 전단을 내게 내밀더구나. 거기에는 이렇게 씌어 있었지. '자기 아이의 죽음을 손 놓고 지켜봐야 하는 어머니의 고통보다 더 큰 고통은 없다.' 나는 그 전단지를 구겨버리며 생각했어. 당신이 그걸 어떻게 알아? 왜냐하면 그날 절멸해버릴 위험에 처한 그것은 사랑도, 그 어떤 형태의 세속적 애착도 아닌 삶에 대한 환상 그 자체였거든. 그 환상이 오네사의

---

* 생태계 파괴로 점차 사막화되어가고 있다.

143

복도로, 호텔 방으로, 자동차 뒷좌석으로, 루앙의 초라한 입구로, 다시 말해서 삶의 환상, 그 평범성과 많이 비슷할 수도 혹은 전혀 비슷하지 않을 수도 있는 아무것도 아닌 것으로 귀착되었다는 것은 중요하지 않단다, 애야. 그 여자와 나 사이에는 최소한의 낭만적인 분위기도 없었어. 우리는 어딘가를 함께 방문한 적도 없고, 숲을 산책한 적도 없으며, 어떤 풍경 하나, 낯선 거리 하나, 함께 시간을 누릴 지상의 공간 하나 공유하지 않았어. 우리는 그저 문턱에, 스쳐가는 층계참에 서 있었을 뿐이야. 만약 내게 사태를 분석해낼 재능이 조금이라도 있었다면, 다음과 같은 사실을 추론해낼 수 있었겠지. 마리사와 함께 있었을 때 삶의 환상이 그렇게 강렬했던 건 그 관계가 그 어떤 외부적인 요소에 의해서도 꾸며지지 않았기 때문이라는 것, 따라서 결코 행복과 혼동될 수 없었기 때문이라는 것을.

네 매부 미셸과 나는 변비에 대해 이야기할 수 있단다. 내 말은 그러니까 과학적인 관점에서 그것에 대해 이야기할 수 있다는 거야. 과거에는 아르튀르와 그런 이야기를 할 수 있었지. 하지만 그와는 동등하게, 다시 말해서 같은 증상

144

으로 고민하는 사람 대 사람으로 이야기했지. 미셸과의 대화에는 해결책에 대한 희망이 있어. 나는 네 매부가 음식물의 소화기관 통과에 대한 특별한 지식을 나에게 나눠줄 거라고 믿었지. 음식물의 소화기관 통과라는 말이 벌써 훌륭하잖아. 지난 일요일 미셸은 나에게 현재 복용하고 있는 듀파락 시럽을 트란시펙으로 바꾸라고 했어. 다시 말해서 배가 덜 나오게 하려는 거지. 듀파락 시럽은 내 증상에 효과적이었지만, 배가 나오게 만들었거든. 그는 내게 글리세린 좌약은 금지시켰어. 물론 나는 그 말을 따르지 않지. 네 매부 말대로 하자면 나는 그가 권하는 에뒥틸 좌약을 넣겠지. 그랬다가는 10분 간격으로 네 차례 연속해서 설사를 할 걸. 미셸은 나를 보러 올 때면 언제나 작은 약상자를 가져온단다. 그는 내가 앓고 있는 모든 병을 알고 있고, 내가 복용하는 약을 증상에 따라 바꾸는 것을 좋아하지. 조금 생태학적으로 방향을 전환한 네 누이는 물론 그런 그를 마음에 들어하지 않아. 미셸은 좋은 약제사, 나아가 뛰어난 약제사라고까지 할 수 있어. 우리의 대화가 질병이나 치료라는 내 관심사에 한한다면, 나는 기꺼이 종종 그를 만날 수 있어. 하지만 그날 아침 운동복 차림으로 유대인 트레킹회 회원들과 함께 몽포르쿠아니에르에 갔다가 교외선 B를 타고 돌아온 그를 집에서 맞으면서 어떻게 그 주제를 건드리지 않을 수 있겠니. 예를 들어, 그런 광신도들이 어떤 전통의 은밀한 가지로부터 나온 것인지 어떻게 묻지 않을 수 있겠느냐고. 네 매부는 그런 내 질문을 불쾌하게 받아들인단다. 그러나 내가 어쩌겠니? 하지만 그는 기분 좋게 잡초를 뽑아주고 언제나 내 건강에 관심을 가져주는 친절한 청년이야. 그런 그가 자신의 유대인으로서의 순수성을(그가 한 말 그대로야) 위협받는다고 느끼면 3분을 못 참고 어김없이 유대인 학살을 근거로 들면서 질서가 무엇인지를, 연대성이란 것이 은유가 아니라는 걸 나에게 상기시키지. 화해의 악수를 청하기 위해 신에게까지 거슬러 올라갈 필요는 없다는 것, 세계의 재건은 이런 일상적인 숨은 노력이 거듭되어야 이루어진다는 걸 말이야. 우리가 여전히 털 뽑힌 작은 새들에 불과하다는 것, 이들에게 가장 시급한 것은 서로에게로 날아가서 응집력과 존엄을 회복해야 한다는 거야. 거기가 예루살렘이 됐든 쿠아니에르가 됐든 간에 말이야. 그도 그럴 것이 미셸 퀴키에망은 이제 더이상 성서의 민족이 아니라 '쇼아(홀로코스트)'의 민족에 속한다는 거지. 그가 나에게 참을

성 있게 사명감을 갖고 변비치료제 트란시펙에 대해 설명
해주었기 때문에 나도 하고 싶은 말을 꾹 참는단다. 내가
속한 민족이 성서의 민족, 자긍과 고독의 민족이기는 해도,
그 민족 역시 다른 방식으로 사납고 다른 방식으로 거칠다
고, 내가 아는 한 그 민족은 이제까지 그 자신을 벌벌 떠는
아기새에 비유한 적이 한 번도 없었다는 말을. 사실 나는
그보다 훨씬 털어놓기 어려운 고통, 그 '내장을 꺼내는 일'
까지는 하지 않은 채 형제애와 정당성으로 무장한 그 민족
의 딱한 엄숙성과 맞서야 하는 고통으로 시달리고 있다는
말을.

　애야, 난 더이상 못한단다. 세상을 교화시키고자 하는 비
전이 대체로 나와 반대인 사람, 집단적 단순화 속에 웅크리
고 앉은 사람, 회의하지 않는 사람에게는 더이상 한마디도
할 수 없어. 그런데 넌 그런 경직된 시각, 그런 시늉뿐인 열
정으로부터 스스로를 잘 지켜왔어. 넌 온갖 형태의 야심과
결별하고 무위를 선택했어. 내 친구 리오넬 역시 무기력한
인간 쪽에 손을 들어주지만, 그는 너와 달라. 리오넬은 아
무것도 기대하지 않거든. 리오넬은 매일매일의 무상한 흐
름에서 스스로의 몫을 제외시키기로 한 거야. 하지만 애야,

넌 어쨌든 너 나름의 작은 계획을 갖고 있지. 네가 원하는 건 스스로를 꽃피우는 거니까 말이다. 식물이나 꽃에 관심을 갖게 된 후 나는 그 개화라는 말에 대해 매우 구체적인 이미지를 갖게 되었단다. 넌 두 팔을 꽃부리 모양으로 들어 올리고 고개를 산들바람에 맡기고 지나가는 모든 사람에게 미소를 짓겠다는 거지.

〈푸가의 기법Die Kunst der Fuge〉(BWV 1080)이라는 곡에서 나는 내 영혼을 춤추게 할 그 무엇을 발견했어. 첫 번째 푸가, 콘트라푼크투스 1번, 느리게, 빠르게, 지치지 않고 들었어, 지치지 않고 틀고 또 틀었어, 느리게, 빠르게, 느리게, 들었어, 애야, 여러 시간을, 좀 느리게, 좀 빠르게. 평생 동안 끊임없이, 지치지 않고 들었어. 콘트라푼크투스 10번, 콘트라푼크투스 12번, 콘트라푼크투스 13번, 열세 번째 푸가! 가장 지독한 순간에 노래 불리고 춤추어진 곡. 설명할 수 없게 춤추어지고, 설명할 수 없게 노래되고 설명할 수 없을 정도로 즐거움에 차 있어, 콘트라푼크투스 14번, 디스크 재킷에는 '끝나지 않음'이라고 씌어 있어. 나는 이 '끝나지 않음'이라는 말이 참 좋았어. 미레도시라시레 멈춤 죽음으로 인한 멈춤, 길고 격한 침묵, 그 작품은 완성되지 않은 게 아니라 '끝나지 않은' 거야. 무덤가에서 멎었다가 영원히 이어지는 거지.

바흐는 너 같은 사람들 모두로부터, 그 역겨운 낙원으로부터 날 구해줬어. 바흐는 삶으로부터 날 구해줬어.

"현재 내 아내인 낭시는 예전에 루스 파우더(그게 뭔지 전 여전히 모르겠어요) 하나를 고르느라고 향수 코너에서 한 시간―시간을 잴 수도 있을 정도예요―을 보낼 수 있었답니다." 내가 주느비에브에게 말했어.

"이상할 게 하나도 없는 것 같은데요." 주느비에브가 대답했어.

"이상할 거 없죠, 없고말고요. 오히려 난 지금이 애석할 정도예요."

"요즘은 더이상 안 그러시나요?"

"요즘 낭시는 내 눈에는 여전히 예쁜데도 재생 크림과 유액을 산답니다. 그걸 어떻게 표현하면 좋을까요. 그녀의 취향은 이제 과학적이 되었거든요. 마법에 이르는 저 매혹적인 오류 같은 건 더이상 없어요. 조만간 여자들은 그런 쓸데없는 것들을 무시하게 되겠죠."

"그건 당신 생각이에요. 보름 전까지만 해도 저는 늘 쓰던 립펜슬을 살 수 없어서 난리를 쳤어요. 사뮈엘, 전 더이상 인생의 황금기에 있지 않은데도요. 제가 말했죠. 아르캉실사는 더이상 대나무색 립펜슬을 생산하지 않는 건가요? 저는 또 말했어요. 그들이 대나무색 립펜슬을 '단종시킨' 거냐고요?! 제가 지금 고함을 지르고 있죠, 그렇죠, 사뮈엘, 지금 저 지독하게 취했죠? 당신은 저를 완전히 취하게 만들었어요, 친구, 당신은 제가 평소에 술을 마시지 않는다는 걸 알잖아요. 우리 친구 가짜 오베트가 자리를 뜨는군요. 그의 모습은 나쁘지 않네요. 진짜 오베트는 아마 저 정도의 모습을 유지하고 있지 못할 거예요. 어쩌면 죽었을지도 몰라요. 우리 나이면 죽었을 가능성도 충분히 있죠. 그렇잖아요? 이제 잡혀 있는 유일한 약속은 죽음이잖아요. 그 이유에서 저는 립펜슬이나 얼굴에 광채를 주는 젤을 사기 위해 파리 시내를 가로지를 수 있어요. 저는 우리의 마지막 나날이 중력으로 축 늘어져 있기를 원하지 않아요. 그보다는 순수한 환상을 원하죠. 왜냐하면 길 끝에는 말이에요, 친애하는 친구, 길 끝에는 바뉴 공동묘지가 있고 그곳에서 저는 제 남편 아브라모비츠와 그의 부모, 살아 있을 때부터 이미 죽은 것과 다름없었던 사람들과 함께하게 될 테니까요. 그 대신 몽파르나스 공동묘지의 유대인 구역에, 레오폴드 곁에 있게 된다면, 먼지로든 망각으로든 허무로든 마침내 그의 곁에서 잠들 수 있다면, 자리에서 일어나 약간 비꼬는 듯한 약간 믿을 수 없는 약간 배신자 같은 모습으로 줄곧 내 삶의 문턱에 서서 더이상 경쾌한 척하지 않아도 된다면, 제 몸과 시간을 동원해 그에 대해 품은 사랑과 싸우는 것을 마침내 그만둘 수 있다면, 너무나 행복할 거예요. 당신 계속해서 내 잔을 채워주는군요. 제가 이렇게까지 마신 건 전적으로 당신 책임이에요. 몽파르나스 묘지에 묻히면 여전히 도시 안에 머물 수 있어요. 산 사람들은 가볍게 그곳을 산책하고 아이들을 데려오고 그곳에 묻힌 죽은 이들에게 관심을 갖고 흥미로워하죠. 레오는 바뉴 묘지 같은 교외에 묻히는 걸 몹시 싫어했을 거예요. 제가 마지막으로 그의 무덤 위에 돌 하나를 올려놓았을 때는 약 1년 전쯤이었어요. 땅거미가 이미 내려와 있었죠. 웃지 마세요. 저는 그와 대화를 나눴어요. 제가 물었어요. "우리가 사랑할 때 당신은 시간을 어디서 보냈나요? 내 삶과 당신 삶이 만났을 때 당신은 어디 있었나요? 난 이제 더이상 당신을 매혹할 수 있는 나이가 아니에요. 사랑은 내 앞을 지나가버리고 나를 바라보지 않아요." "그게 내가 원했던 거예요. 주느비에브." "당신이 원했던 게 뭔데요?" "당신의 얼굴이 부드러워지는 것을요. 시간이 당신의 얼굴을 마모시켜서 마치 사람들이 개를 쓰다듬듯 내가 당신 얼굴을 쓰다듬을 수 있게 되기를 바랐어요." "어째서죠…?" 그는 대답하지 않아요. 나는 왜냐고 묻지만 그는 대답이 없어요. 거기에 있는 것이라고는 갈색 묘석과 한 구석에, 그의 생전의 내 자리처럼 한 구석에 놓인 자갈뿐이에요. 나는 어이없게도 그것들에게 말하죠, 그가 살아 있는 동안 결코 내가 하지 못했던 그 모든 말을요. 나는 대리석에 대고, 새겨진 글자에 대고 말해요. 내 삶이 그의 삶과 조우했을 때 내가 결코 말하지 못했던 것을. 머릿속이 빙빙 도는 오늘 밤에도 여전히 하지 않을 말을 말이에요. 왜냐하면 어느 순간 이후부터 저는 더이상 그를 걱정시킬까 그의 뜻을 거스를까 그를 잃게 될까 두려워하지 않게 되었으니까요. 죽음은 나에게 그 사람을 줬어요. 사뮈엘, 저 좀 잡아주세요, 우리 얼른 나가서 바람 좀 쐬었으면 해요."

"일어나세요, 주느비에브" 내가 말했어. 우리는 몽소 공원을 따라 걷다가 원형 정자 안에 앉아 한참을 보낸 다음 앙페르 가의 내 집 거실로 들어와 앉았어. "일어나세요, 주느비에브." 남아 있던 보드카 3분의 1병을 나눠 마신 후에 내가 말했어. "일어나세요, 이리 와요, 소파를 치웁시다, 의자와 탁자들을 밉시다. 서재용 작은 사다리도, 스탠드도 치웁시다. 내가 커튼을 치겠어요, 주느비에브, 난 앙페르 가와 파리와 시간을 사라지게 하겠어요. 당신 손을 내게 줘요. 그리고 춤을 춥시다. 〈첼로와 피아노를 위한 유대 노래〉를 틉시다. 이건 내 사위 미셸이 내게 선물한 건데 아직 한 번도 듣지 않았답니다. 이건 마치 오래된 감로주를 당신과 함께 따는 것 같군요. 우리는 이미 충분히 마신 것 같으니 그보다는 춤을 춥시다. 〈불안〉〈카디쉬(기도)〉〈콜 니드레(모든 서약들)〉에 맞춰서 이 밤 춤을 춥시다. 난 볼가 강변의 카잔과 사마라 사이 어딘가에서 태어났답니다. 황량한 길과 황량한 마을 사이에서요. 나는 이 옆방에 놓인 침대에 누워 죽을 겁니다. 삶을 마감하기에 좋은 침대야, 라고 저번 날 내가 낭시에게 말했어요. 그때 그녀는 평소와는 달리 그 침대에 누워 있었고, 나는 평소와는 달리 안락의자에 앉아 있었지요. 내가 그녀에게 말했어요. 이 자리는 죽어가는 사람을 지켜보기에 이상적이군. 당신은 미소를 짓는군, 낭시, 하지만 당신이 안락의자에 앉아 있을 거라는 뜻이야, 여보, 내가 침대에 누워 있고 말이야. 솔직히 말해서 난 죽기에 이보다 더 좋은 장소가 어디에 또 있는지 모르겠어. 춤춥시다, 주느비에브, 눈이 대초원을 덮고 벽도 문도 없어요. 우리가 지금 어떤 길을 가로지르는지는 더이상 중요하지 않아요. 신대륙 발견 이전 시대의 골동품인 저 작은 염소상은 다리 하나가 깨져서 없어요. 로사 다시미엔토는 무신경하게도 그 토기로 된 다리를 내다버리면서 중얼거렸겠죠. 이게 도대체 뭐야? 아우둘리아가 늘 했던 것처럼 나는 걸레로 책장 선반을 닦죠. 처음에는 천천히 닦다가 그 토기 조각상 근처에 가면 내 동작이 점점 더 빨라진답니다. 웃으세요, 주느비에브, 웃으세요. 나는 당신의 웃음이 참 좋습니다. 당신을 웃게 할 수 있다면 못할 게 없어요. 아우둘리아는 다시미엔토가 오기 전에 우리집 일을 해주던 스페인 여자랍니다. 내 아들은 어릴 때 모형 전투기를 조립하곤 했어요. 아우둘리아는 아이가 만든 모형들을 모조리 깃털이불 위에 내동댕이쳤어요. 그녀는 먼지를 터는 것이 아니라 아이의 비행군

단을 때려부순 거예요. 이제는 그녀가 그립군요. 지나간 시간에 속한 모든 것이 그리운 것처럼요. 아우둘리아, 끈 달린 사코슈 백, 톱으로 켠 나무 냄새 같은 그런 것들에 대해 나는 엄청난 향수를 느껴요, 주느비에브, 치유될 수 없는 향수를 말이에요. 오늘날 그런 향수를 느낀다는 것은 한 순간에 그 사람의 평판을 땅에 떨어뜨릴 수 있는 일 중 하나예요. 향수는 요즘 세상의 사생아죠. 난 요즘 우리가 사는 세상을 증오해요. 낭시는 브레스트에 있는 장인장모 댁에 갔어요. 내 아내 낭시는요. 주느비에브, 이제 앞만 보고 전진하고 있어요. 모든 일에 적극적이 된 후부터 그녀는 더이상 창문으로 몸을 던지려는 시늉도, 더이상 땅바닥에서 구르지도 않는답니다. 그녀는 때때로 나를 때리기도 해요. 그럴 때면 나는 그녀에 대해 예전에 느꼈던 애정을 다시 느낀답니다. 왜냐하면 그런 미치광이 같은 행동은 나에게 연약했던 그녀의 옛 모습을 상기시켜주기 때문입니다. 난 낭시를 사랑했어요. 그녀의 과도함을 사랑했고, 그녀의 웃음을 사랑했지요. 내가 사랑하는 그런 웃음을 그녀는 갖고 있었어요. 당신의 웃음, 리오넬의 웃음, 아르튀르가 스스로를 보편적인 존재로 만들기 이전에 갖고 있던 웃음이죠. 낭시는 사무실에 있는 내게 전화를 걸어서는 이렇게 말하곤 했어요. 난 자살하기 위해 집을 나왔어. 이게 당신과 하는 마지막 전화 통화야, 알겠어? 나는 대답했어요. 그런데 지금 당신 어딘데? 그녀는 울기 시작했어요. 난 그랑타르메 대로에서 교통 체증에 막혀 꼼짝도 못하고 있어. 자살을 하기 위해서조차 나는 파리에서 벗어날 수가 없다고. 이게 내가 사랑한 낭시였어요. 난 그녀를 데리러 갔어요. 그녀를 데리고 상점에 갔지요. 그녀는 분 한 통이나 신발 한 켤레를 고르는 데 정말 오래 걸렸어요. 한 시간 전 삶을 끝장내고자 하는 욕망에 진지했던 것처럼 그녀는 그 일에도 똑같은 열의를 기울였어요. 나는 지나치게 더운 그곳의 간이의자에 앉아 그녀를 기다렸어요. 우리는 상자꾸러미를 잔뜩 들고 상점에서 나왔죠. 그녀는 내 목에 매달렸고, 반쯤은 웃고 반쯤은 울면서 내게 입맞춤을 했어요. 나는 결국 그녀와 함께 울음보를 터뜨렸고, 우리는 삶의 지난함을 두고 신발값을 두고 함께 울었어요. 거기에서 우리가 왜 서로 다른 길을 걷게 된 걸까요? 그녀는 어째서 날이 밝자마자 요란한 세상일에 몰두하는 그런 사회적인 인물이 된 걸까요? 그렇게 한결같이 그런 걸 우습게 여기던 그녀가 말이에요. 그녀가 아프리카 말리에서 온 불법체류자들을 사랑하게 된 이후 그녀는 더이상 나를 사랑하지 않는답니다. 그녀가 관용의 편에 선 후부터 그녀는 나를 견딜 수 없게 만들죠. 춤을 춥시다. 지금 나오는 음악은 〈기도〉군요. 춤을 춥시다, 주느비에브, 우리 앞에는 아무도 없고, 우리 뒤에도 아무도 없을 겁니다. 세상은 앞으로 나아가지만 거기엔 아무 목적도 없어요. 춤을 춥시다. 나는 지금과는 다른 시대에나 존재했던 나라의 하얀 평원에서 태어났어요. 황량한 마을, 황량한 길, 황량한 소리에 대한 치유할 길 없는 향수로 고통받고 있는 나, 이런 내가 어떻게 부산스럽게 인류애를 실천하는 내 아내를 따르겠습니까? 나는 그 겨울로 돌아가는 것이 행복합니다. 잿빛 하늘을 좋아하는 나의 이런 취향은 그 멀리에서 온 것일지도 모릅니다. 무슨 잔재처럼 내게 들려오는 현악기의 음도 그 먼 곳에서 온 것일 테지요. 빙글 돕시다. 당신이 이렇게 가볍게 발을 움직이다니 감탄스럽군요. 자기 집 창으로 세상을 응시하는 리오넬 역시 하늘의 잿빛을 좋아하죠. 그가 말하죠. 날씨는 아무도 만족시키지 못하지만, 울적함은 약간의 행운만 함께 한다면 적어도 어리둥절 망연자실한 사람들의 마음을 감동시킬 수 있다네. 그래서 '문화유산의 날'*

같은 그런 견디기 어려운 때에 행복한 사람들이 반바지 차림으로 무슨 포도송이처럼 무더기로 몰려다니는 것을 보면서도 스스로를 조금쯤 덜 외롭게, 아주 조금쯤 덜 외롭게 느끼는 거지. 도시에서는, 소도시에서조차 반바지를 입지 못하게 해야 해, 하고 그가 말했죠. 반바지는 자연 한가운데에서, 오직 자연 한가운데에서만, 그것도 가을빛깔로 입어야 해. 도시에서는 반바지와 행복한 사람들을 금지시켜야 한다고, 하고 그는 결론을 내렸지요. 주느비에브, 나는 매일 그와 전화로 이야기를 한답니다. 매일 아침 우리는 서로에게 전화를 걸죠. 우리는 이제 거의 전화로만 이야기를 나눈답니다. 그렇게 가깝게 살면서도요. 우리는 이제 더이상 이야기를 하기 위해 얼굴을 볼 필요가 없어요. 내일 아침 저는 리오넬에게 말할 겁니다. 아르튀르가 예루살렘에 아파트를 샀다고요. 어쩌면 그도 이 소식을 알고 있는데 내가 이런 문제에 차가운 반응을 보이리라는 것을 알고 조심성을 발휘해 입을 다물고 있었는지도 모르죠. 나는 이 문제에 대한 리오넬의 의견을 알고 싶어요. 아르튀르 역시 아쉬운

---

* 프랑스뿐 아니라 유럽의 문화유산을 기리기 위해 1984년부터 시작된 행사.

대상 중 하나예요. 나는 그와 관계가 틀어진 게 유감스러워요. 체스 게임 때문만은 아니에요. 그의 실력이 상당히 줄어들긴 했지만 더불어 게임을 할 수 있는 유일한 상대였죠. 그의 실력이 걱정스러운 정도로 줄긴 했지만 그래도 그는 우정 때문에 함께 게임을 했어요. 우정이란 것도 또 하나의 규칙이지요. 그 역시 더불어 웃을 수 있는 사람이었으므로 나는 이렇게 된 게 유감스럽습니다. 아르튀르와 함께 삶의 총체적 실패를 두고 웃을 수 있었던 시절이 있었죠. 당신이 아시는지 몰라도 아르튀르는 꿈 때문에 아내 베라와 헤어질 뻔했어요. 어느 날 아침잠에서 깨어 그는 베라에게 말했죠. "당신은 끔찍해. 당신은 끔찍한 여자야." 그의 꿈속에서 베라가 그를 데리고 점심을 먹으로 갔대요. 베라는 그들이 늘 타던 차가 아니라 BMW를 몰았죠. 시간은 정오쯤 되었는데 주위는 황혼처럼 어슴푸레했대요. 그들은 물빠진 강의 모래 바닥 위를 지나갔어요. 가론 강의 하구 같은 곳이었죠. 그들의 차는 싸구려 간이식당들이 가장자리에 늘어서 있는 하구 같은 곳을 홀로 지나가요. 그들은 건설용 중기 몇 대와 엇갈리고, 한창 작업중인 자갈 채취장 앞을 지나 둔덕 위를 달립니다. 물이 많은 몇 군데 부분에서는 보트 몇 척이 쉬고 있어요. 그 길이 하루에 특정 시간 동안만 개방되어 있고 강물의 수위가 높아지리라는 것을 분명히 느낄 수 있어요. 갑자기 아르튀르가 자동차 핸들을 붙잡으려 애쓰며 소리를 질러요. "차가 빠지고 말 거야!" 베라가 그에게 대답했어요. "당신은 차만 생각하는군요. 당신은 진짜 겁쟁이예요. 난 앞으로 당신을 어디든 데리고 오지 않겠어요!" 잠에서 깬 아르튀르는 그 꿈을 분석해요. 그는 모래를, 진흙을, 점점 수위가 높아지는 강을, 자갈 채취장을, 항구의 선술집 같은 싸구려 식당들을, 생선 비린내를 다시 떠올려요. 그는 황혼처럼 어스름했던 빛에 대해 곰곰히 생각해요. 자신이 BMW를 가라앉지 않게 하려고 했을 때 아내가 보인 무시무시한 반응을 생각해요. 요컨대 그 꿈은 그들이 돌아갈 곳, 그들 두 사람에 대한 것이라고 생각하고 이렇게 중얼거리죠. 그녀가 점심식사를 위해 나를 데려가던 곳이 거기였군. 그녀는 나를 죽음으로 데려가고 있었던 거야.

그게 내가 아는 아르튀르였어요. 극도로 예민하고 비이성적인 친구죠. 더이상 잃을 것이 없는 때에 자신이 늘 부리던 변덕을 부려서 안 될 이유가 어디 있겠어요? 쓸데없는 모든 것을 내려놓고, 그것이 아무리 가련한 것이라 해도 마지막 순간의 '자아'를 구축하려는 순간에 딱한 일관성을 추구하는 것. 그게 무슨 소용이 있을까요? 주느비에브, 몇 년 전 어느 날 나는 자동차를 타고 알베르 1세 소광장의 둔덕 위를 달리고 있었어요. 맞은편 인도에서 한 남자가 벽을 따라 걷고 있더군요. 아스트라칸 모자에 베이지색 로덴직 외투를 입은 노인이었어요. 그는 두 손을 주머니에 넣고 햇빛 아래 그림자를 드리우며 노인다운 속도로 혼자 걷고 있었어요. 그 사람은 우리 아버지였어요. 이따금 나는, 아버지가 전혀 느끼지 못하셨을, 아버지를 바라보던 내 시선을 생각하죠. 그리고 그 모습을 다시 떠올려요. 아버지의 진실을 드러내는 모습을요. 아버지 역시 바뉴 묘지에 계세요. 우리가 그곳에 묻힌다 해도 길을 잃진 않을 거예요, 주느비에브. 우리 아버지는 말하자면 청결에 광적으로 집착했어요(다시 미엔토는 내가 그렇다고 주장하지만요). 바뉴에 있는 그의 묘는 외빌산 석재로 되어 있어요. 단순하고 하얀 그 돌은 영원을 상징하기에는 완벽하지만 쉽게 더러움을 타죠. 그곳에 갈 때면 나는 몹시 거친 솔, 스폰지, 물병이 든 비닐 백을 갖고 갑니다. 아버지와 나 역시 서로 이야기를 나눈답니다.

아버지는 제게 말씀하시죠. 마침내 네가 왔구나, 얘야. 타이밍 감각이라고는 없는 콜레트 웽트로가 우스꽝스러운 꽃병을 놓아두고 갔단다. 보렴, 바람이 휙 하고 불자마자 꽃병이 쓰러져서 모든 걸 더럽히고 말았단다. 비가 오는구나. 도처에 흙이 있어, 자갈들 아래에는 얼룩이 있고. 묘석에 새겨진 내 이름이 아직 보이니? 난 아버지께 말하죠. 이제 곧 만족하실 거예요, 아버지. 난 가져온 도구를 꺼내 무릎을 꿇고 앉아 그곳을 청소해요. 나는 초강력 솔로 문지르기 시작하죠. 아버지가 말해요. 참 좋다, 넌 날 이해하는구나. 날 이해해주는 건 너뿐이야. 난 최선을 다해 문지르고, 아버지는 내게 지시를 내리기 시작하죠. 살아 계실 때 어떻게 그의 등을 문지르면 되는지, 어떻게 욕조를 청소하면 되는지 설명해주시던 것처럼요. 잘 문지르렴, 얘야, 거기, 거기, 거기, 시원찮은 녀석, 거기 다시 해, 별 무늬를 문지르라고. 그 안에 흙이 눌러붙어 있는 거 네 눈에도 잘 보이지. 더 세게, 좋아. 나는 다시 몸을 일으키고 숨을 몰아쉬죠. 어쨌든 나는 일흔세 살이에요. 내가 외투 차림으로 몸을 굽히고 일한 지 벌써 10분이에요. 나는 자갈들을 제자리에 올려놓죠. 모든 게 말끔해 보이는 그 순간 나는 양쪽 옆면에 눈이 가요. 양쪽 옆면 역시 청소를 해야 할 듯해요. 나는 중얼거려요. 아마 불필요한 일일 거야. 누가 옆면에 신경이나 쓰겠어? 그때 조바심을 내며 이렇게 말하는 목소리가 들려오죠. 아, 안 된다, 얘야, 끝까지 해야지, 대강 넘어갈 생각 하지 말거라, 사뮈엘. 전부 다 깨끗이 하렴. 난 아버지의 말이 맞다고 인정하고 다시 웅크리고 앉아서 미친 사람처럼 옆면 전체를 문질러요. 이끼, 곰팡이, 들러붙은 나뭇잎, 눌러붙은 흙을요. 내가 기진맥진해서 일을 마치자 아버지의 무덤은 마치 새 것 같아요. 내가 아버지에게 말하죠. 이제 만족하시죠? 아버지는 만족해해요.

내 아들 말이에요, 주느비에브, 그 애는 온 세상을 돌아다닌답니다. 그 애는 38살인데 나로서는 도대체 알 수 없는 지도상의 이 지점에서 저 지점으로 이동해요. 방랑이 거듭됨에 따라 내 아들은 자신의 상처에서 해방되죠. 그 애는 자신의 슬픔을 버리고 고통을 버리고 나를 버려요. 과거 우리였던 모든 것이 망각의 구덩이 속으로 던져지죠. 행복의 길은 말이에요, 주느비에브, 아마도 망각의 길일 거예요. 그 애는 10월에 돌아온답니다. 우리는 서로 만나겠죠. 그 애는 친절하고 참을성 있고 상냥할 거예요. 나도 처음에는 친절하고 참을성 있고 상냥하겠죠. 나는 그 애에게 이렇게 물어볼 겁니다. 그 모든 것에 무슨 의미가 있니? 그 애가 내 손을 잡으며 내게 대답해주기를 기다리겠죠. 다른 모든 나머지 일에는 무슨 의미가 있었는데요? 그러면 나는 이렇게 말할 거예요. 그래, 사실 요컨대 그 나머지가 무슨 의미가 있었지? 그리고 우리는 더이상 그 어떤 것에 대해서도 이야기하지 않을 거예요. 우리는 길게 늘어서 있는 고사리밭을 한바퀴 돌겠죠. 그러면 모든 게 제자리로 돌아올 거예요.

처음에는요, 주느비에브, 난 친절하고 참을성 있고 부드러울 거예요. 난 이렇게 말하겠죠. '행복'이란 단어에 대해 내게 설명해주렴. 얘야, 넌 이 세상에 뿌리를 내렸어. 말해주렴, 어떻게 그렇게 한 거냐? 친애하는 성녀 낭시가 나에게 주의를 주겠지요. "그 애를 도발하지 마세요. 그 애는 '행복해지고' 싶은 게 아니에요―그 어조에는 지독한 경멸이 어려 있을 테죠―그 애는 '자기 자리에 있고' 싶은 거예요." 제가 묻겠지요. "자기 자리에 있다는 게 무슨 뜻인데?" 진지하게 상황 파악을 끝낸 낭시가 응수하겠죠. "자기 자리에 있다는 것은 행복한 것 이상이에요. 그건 스스로를 '단순화'하는 것, 균형이 가장 중요한 것임을 받아들이는 거예요. 태양 주위를 도는 지구처럼 그 무게와 리듬을 통합하는 거예요. 그렇게 되면 더이상 외부의 싸움에 말려들지 않고, 더이상 결핍으로 인해 숨 막히지 않고, 심지어 스스로에게 슬픔을 허용할 수도 있어요. 당신 아들은 자기 자리에 다가가고 있다고요" 하고 그녀는 결론을 내릴 겁니다. 주느비에브, 나는 처음에는 친절하고 참을성 있고 상냥할 거예요. 하지만 하나밖에 없는 아들이 창공 속에서 떠돌고 싶다고 말하는데 어떻게 줄곧 친절하고 참을성 있고 부드러울 수 있겠습니까? 그의 이상, 그의 최종 목표가 '자기 자신의 자리에 있는 것'이라는 아들 앞에서 어떻게 처신을 해야 한단 말입니까? 이 '원정'(십자군의 용어를 빌어쓰는 겁니다) 속에서 자신의 상처로부터, 자신의 고통으로부터 벗어난 사람이 누가 있었나요? 인간은 무엇으로 만들어진 걸까요? 자신의 상처로부터 스스로를 해방시킨 사람은 도대체 어떤 사람이랍니까? 앞으로 보다 고요한 시각으로 사태를 즐기겠다고 주장하는 사람 앞에서 어떻게 처신해야 합니까? 내게 거슬리는 것은 그 고요한 시각이 아니라 그런 주장, 그 것을 사람들에게 떠벌이면서 그 애가 쾌감을 느낀다는 사실입니다. 그 애의 모든 것이 나에게 그 애가 사태에 대해

고요한 시각을 갖고 있다고 외치죠. 그 애가 의자에 앉는 자세, 그 애의 태도, 그 애의 느릿한 행동, 그 애의 평온한 눈빛이 말이에요. 하지만 안타깝게도 그 애의 눈 속에서 내가 읽는 건 사태에 대한 고요한 시각이 아니라 '무관심'뿐이랍니다.

나는 말할 겁니다. "이 모든 게 무슨 의미가 있니?" 하지만 그 애는 내 손을 잡지도 않을 것이고, 내가 원하는 말을 하지도 않을 겁니다. 우리는 거의 대화 없이 입을 다물 거예요. 침묵 속의 합일도, 구릿빛 고사리 사이를 산책하는 일도 없을 겁니다. 안타깝지만 한쪽에는 침묵이, 다른 쪽에는 쓰라린 회한의 표출, 부당함에 대한 표출, 부드러움의 부재, 연민의 부재가 있겠지요. 이 모든 게 내 울적함의 근거랍니다.

나는 말할 겁니다. "'행복'이라는 단어의 뜻을 내게 설명해주렴."

나는 사람들이 돌려 말하는 것을 원하지 않아요. 나는 완곡한 표현도 원하지 않아요. 순수한 말, 겁에 질리게 하는 말을 원하죠. 나는 '행복'이라는 말을 원한답니다. 나는 당신과 춤을 추는 것이 좋습니다, 주느비에브, 나는 당신의 가벼움이, 당신의 주저하는 듯한 우아함이 좋습니다. 당신을 다시 웃게 하고 싶어요. 잠깐만 기다려주십시오, 스텝을 바꾸는 것처럼 금방 기분을 바꿀 수 있어요.

　나를 자기 품에 안고 그 애가 이렇게 말하면 얼마나 좋을까요. 오세요, 아빠, 저와 함께 가요. 아빠 친구 주느비에브 아주머니의 말이 옳아요. 이 길 끝에는 바뉴 묘지가 있어요. 그러니 몸바사에 오셔서 아들과 함께 웃으세요. 아빠 아들은 40년 전 아빠가 스위스 샹돌랭에서 만난 이탈리아인들처럼 살짝 맛이 갔어요. 아빠, 아빠가 할아버지 묘석을 닦은 것처럼 저도 아빠의 묘석을 닦을 거예요. 일 년에 몇 차례 솔을 가지고 갈 거예요. 묘석이 깨끗해질 테고, 아빠는 저에게 지시를 내리겠죠. 우리는 웃음을 터뜨릴 거예요. 그날이 올 때까지 저와 함께 지내요. 지도 위에서 작은 말들을 옮기듯 세상을 돌아다녀요. 그곳이 어디든 상관없어요. 유일한 현실은 자기 안에 있을 뿐이에요. 더이상 혼자라고 느끼지 마세요. 아빠가 원하시면 제가 아빠를 책임질게요. 저 역시 웃을 줄 알아요. 아빠가 어떻게 생각하시든 말이에요. 그 모든 게 무슨 소용이 있겠어요, 샬롱과 앙페르 가 사이 어디쯤에서 죽음이 아빠를 데려가기만 기다리고 있을 거라면 말이에요. 그보다는 차라리 남국에서 파스타를 파는 편이 더 좋았을 거예요. 아빠는 '수고'(소스를 뜻하는 이탈리아어)·기름·올리브·토마토·마늘을 좋아하시니까요. 전 행복을 추구하는 것이 아니라 행복 역시 피하지 않으려는 것뿐이에요. 나무 뒤에 교묘하게 가려져 있던 풍경처럼 행복이 우리에게 갑자기 닥치는 건 기분 좋은 놀라움일 거예요. 전 정말이지 아빠에게 행복이라는 단어의 뜻을 설명해드리고 싶어요, 아빠, 그건 아빠가 생각하시는 것과 전혀 달라요. 행복이란 우리 둘 다 예전처럼 웃는 거예요. 벵자맹 삼촌이 죽었을 때 아빠는 삼촌을 어루만지며 말씀하셨어요. 너 정말 멋지다, 이제 넌 평화로워. 제가 말했죠. 지금 삼촌 모습은 도저히 멋지다고는 할 수 없는데요, 아빠. 사촌들이 도착하기 전에 삼촌의 입을 다물게 해야 해요. 우리는 수건으로 삼촌의 입을 다물게 하는 일에 착수했어요. 아빠는 삼촌 턱을 밀어올렸고 저는 온힘을 기울여 삼촌의 머리통 꼭대기에서 수건을 조여 매듭을 지었어요. 삼촌의 모습을 바라보며 우리는 웃음을 터뜨렸어요. 아빠가 말씀하셨죠. 아, 너 실수 없이 잘했구나. 그렇게 우리가 눈물이 날 정도로 웃고 있는데 삼촌의 자식들이 도착했어요. 삼촌의 아들은 자기 아버지가 부활절 달걀 비슷해져 있고 우리가 배꼽 빠지게 웃고 있는 것을 보고 물었어요. 무슨 일이에요? 우리는 그 방에서 나와야 했어요. 기억나세요, 아빠, 웃다가 무슨 일이 날까봐서요. 그게 진실이에요. 그것만이 진실이라고요. 나머지는 가짜로 진지한 척하는 것뿐이에요.

그 애가 나를 자기 품에 안고 이런 이야기들을 하면 얼마나 좋을까요, 주느비에브. 그럼 모든 게 제자리를 잡을 텐데요. 계속하렴, 얘야, 우리가 언제 함께 웃었는지 부디 계속해서 말해주렴.

그 애가 이렇게 말해주면 얼마나 좋을까요. 전 기억나요, 아빠, 아빠가 임기응변의 왕이라고 떠벌이시던 때 말이에요. 아빠는 첫 셔츠들을 한국에서 제작하셨는데, 아빠의 특기는 납기 지체를 해결하는 거였어요. 아빠는 심지어 일요일에도 전화기를 붙잡고 그쪽 사람에게 영어로 고함을 질렀죠. 우리는 거실에 들어갈 수가 없었어요. 그 다음날 아빠는 고객들에게 말했어요. 일주일내로 배가 도착할 거라고요. 보름 후 아빠는 말했어요. 배가 고장이 났다고요. 그 다음에는 이렇게 자문하셨죠. 자, 이제 다시 무슨 핑계를 꾸며낸담. 우리가 아빠에게 속삭였어요. 폭풍우를 만났다고

하세요, 아빠. 그러면 아빠는 이렇게 대답했어요. 그래, 좋은 생각이다, 얘들아. 무시무시한 폭풍우가 있었던 거야. 지도 좀 가져오렴. 어디가 좋을지 좀 보자. 이윽고 배가 도착했어요. 그런데 배 안에 실려 있는 건 7부 소매가 달린 셔츠 4만 장이었어요. 아빠는 소매 길이를 어깨에서부터 재서 지시를 내렸는데, 한국에서는 목 중앙점에서부터 잰 것으로 이해했기 때문이었죠. 그 애가 이렇게 말하면 얼마나 좋을까요. 난 기억해요, 아빠, 아빠가 그런 오류의 면에서도 왕이었다는 것을요. 그 애가 이렇게 말해주면 좋겠어요, 주느비에브, 어린 시절의 우리집은 황량한 것과는 거리가 멀었어요. 제 귀엔 아직도 이렇게 외치는 목소리가 들리는 걸요. "여기서 무엇이든 간에 불평을 하는 사람이 있다면, 내가 맨손으로 그 녀석 목을 졸라주마. 너희 식충이들 중에서, 여름에도 겨울에도 팔 수 없는 셔츠 4만 장을 재고로 갖고 있는 사람 있으면 나와봐!" 그리고 아빠, 나중에 우리가 청소년이 되었을 때 아빠는 루마니아에서 청바지, 블루종* 같은, 아빠의 표현에 따르면 '애들 물건'을 수입해서 도매로

---

* 짧은 재킷 겸 점퍼.

넘기는 일을 시작하셨죠. 우리가 아빠에게 물었어요. "아빠 혹시 파이프처럼 바지폭이 좁고 단추로 잠그게 되어 있는 시제품 청바지 없어요?" 아빠는 대답하셨죠. "있어, 있어." 우리가 아빠에게 말했어요. "리바이스 청바지처럼 앞쪽 트인 곳에 삼각형 천이 붙어 있고 발목까지 달라붙는 거 있냐고요?" 아빠는 대답하셨죠. "있어." "그럼 랭글러 청바지처럼 물빠진 종류는요?" "있어. 있다고." "그럼 내 사이즈로는요, 아빠, 그런 시제품이 있는 게 분명해요?" "난 모든 사이즈를 다 갖고 있단다." 그리고 아빠는 덧붙이셨죠. "색깔별로 말이다." 우리는 걱정이 돼서 물었어요. "하지만 어떻게 색깔별로 있을 수가 있어요, 아빠, 진짜 청바지는 푸른색뿐이잖아요!" 아빠는 이렇게 소리지르며 우리의 말허리를 자르셨죠. "내겐 더 나은 게 있단 말이다." 그 말에 우리는 즉각 그게 형편없는 바지란 것을 알았어요. 아빠가 내겐 더 나은 게 있단 말이다, 라고 하시면 우리는 그게 형편없는 옷이라는 것, 바지통이 코끼리 다리를 집어넣을 수 있을 정도로 넓고 지퍼로 잠그게 되어 있는 오렌지색 바지를 입게 되리라는 걸 깨달았지요. 아빠는 70년대에 일종의 절대적인 반유행을 만들어냈어요. 카르티에 사에 '머스트(꼭 사야

할 것)'가 있었던 것처럼 페를르망 사에는 '베터(더 나은 것)'가 있었죠.

그 애가 나에게 이렇게 말하면 얼마나 좋을까요. 전 기억해요, 페를르망 사의 '베터'들을요. 여러 해 동안 제가 페를르망 사의 '베터'말고 다른 걸 입은 적이 있었던가요? 제가 얼마나 괴로웠을지 알아주세요. 매력이라고는 거의 없는, 그저 못생기고 키 작은 아이였던 제가 오를리의 창고에 가서 골라온 옷들만 입어야 했죠. 진짜 리바이스 한 벌, 진짜 뉴망 한 벌, 진짜라고 말할 수 있는 청바지다운 청바지는 단 한 벌도 가질 수가 없었어요(아빠는 그 가격이 말도 안 된다고 생각하셨으니까요). 나머지 옷가지는 말할 필요도 없었어요. 폴리에스테르로 된 잠옷, 셔츠, 아노락*, 손톱줄 같은 직물로 된 저가 셰틀랜드 모직옷**을 입었죠. 페를르망 사의 '베터'가 쓰레기라는 것은 아빠도 인정하셨어요. 몇 년이 지난 후에야 그걸 인정하셨죠. 그 전에는 이렇게 말씀하셨던 거 기억나세요? "프리쥐닉과 모노프리 슈퍼마켓 체인

---

* 후드 달린 상의.
** 스코틀랜드 셰틀랜드 특산의 특수처리를 거친 모직 제품.

이 내 콜렉션을 제일 잘 팔아주고 있어. 난 프랑스 인구의 절반에게 옷을 입히고 있는 셈이지. 그런데 프랑스 인구의 절반에게 좋은 게 페를르망 가의 자식들에겐 별로 좋지 않다는 거군." 나중에 아빠는 페를르망 가의 자식들이 유난히 망측스러운 옷차림을 했었다는 것('베터'들 중에는 또한 가벼운 흠이 있는 물건도 있었어요)을 인정하셨어요. 아빠가 그 사실을 인정한 날 우리가 얼마나 웃었는지 몰라요. 아빠는 얼떨떨할 정도로 호기롭게, 정말이지 신이 나서, 드물게 나오는 괜찮은 '베터' 시제품은 도심에 있는 체인점 고객이 구매하기에도 너무 고급이고 비쌌노라고 털어놓으셨죠.

그 애가 내게 이렇게 말해준다면 내가 무엇인들 못 주겠습니까, 주느비에브. 아빠는 불성실의 왕, 부당함의 왕, 조바심의 왕이에요. 저는 제 자리에 있고 싶고, 그러니까 물 위에 뜬 코르크 마개처럼 살고 싶긴 하지만, 아빠의 그런 면을 은밀한 공격자처럼 제 안에 갖고 있어요, 그러니까 아빠는 제가 대를 이을 것이라고 믿으셔도 됩니다. 죽음이 절 찾아올 때 저는 아빠의 작은 왕국을 지키고 있을 거예요.

나는 그 애에게 말할 겁니다. 얘야, 내 표현이 좀 지나치더라도 기분 상하지 말렴. 나는 소중한 사람들과 아슬아슬

한 낭떠러지를 걷고 극한의 위험을 무릅쓰는 게 좋아. 난 너희의 애정을 시험해보기 위해서 극단적으로 가증스럽거나 추해지는 걸 즐겨. 특히 극단적으로 추해지는 부분에서는 최고가 될 수 있어. 그 애는 웃을 겁니다, 주느비에브, 지금 당신이 웃는 것처럼요. 난 당신의 웃음소리가 너무 좋아요. 당신의 웃음은 나를 구원하죠. 그 애 역시 웃을 겁니다. 난 말하겠죠. 모든 게 제 자리를 찾았어, 얘야, 요컨대 네가 물 위에 뜬 코르크 같다든가 자기 자신만의 성배를 추구하는 인간이라는 사실은 중요하지 않단다. 우리의 정골요법사 굴란드리가 이집트에서 돌아왔어. 넌 적어도 돌아와서는 입을 다물기나 하지. 굴란드리는 45분간의 신화를 응용한 마사지 후에 이렇게 선언하듯 말하더구나. "그리고 이시스는 오시리스의 팔다리를 되찾았어요. 다만 음경만은 물고기에게 먹혀서 못 찾았지요." 내가 소리쳤어. "가엾군요! 가여워요, 박사님!" 너는 돌아와서도 침묵하지. 그 점은 고맙게 생각해. 네가 네 목숨을 구하고 싶어 한다든가 나로서는 알 수 없는 그 무엇과 조화를 이루기를 바라는 건 상관없어. 방랑의 대상이 신들의 가계도가 아니라 보잘것없는 너 자신이라는 것도 중요하지 않아. 적어도 너는 그러면서 지루해하진 않으니까. 너는 누군가와 나눌 것이 아무것도 없고, 누군가에게 전해줄 것이 아무것도 없어. 나는 말하지, 브라보라고. 인정해. 네가 그 형편없는 우월감에 찬 태도만 보이지 않았다면, 그 시시한 태도만 아니었다면…. 현기증이 나는군요, 주느비에브, 이러다가 넘어지겠어요. 자리에 좀 앉아야겠어요."

소파에 주저앉은 다음(척추를 꼿꼿이 세우려 애쓰면서) 내가 말했단다. "주느비에브, 당신의 손을 내게 주세요. 난 침몰합니다. 볼가 강변에서 태어난 사내가 스토리치나야 보드카 석 잔에 뻗어버리다니요. 당신의 손은 따뜻하군요. 당신 손을 잡을 수 있어서 기쁩니다. 우리를 보면 레오가 뭐라고 할까요? 한밤중에 앙페르 가의 우리집에서 유대 노래를 들으며 죽음을 마주하고 있는 걸 보면요. 앙페르 가에 대해 자넨 이곳이 제대로 된 '장소'가 아니라고 말하곤 했지. 맞는 말이야. 그런데 자네 지금 어디 있나, 내 친구? 자네 아직 여기 어딘가에 있나, 아니면 영원히 우리 곁을 떠난 건가? "어느 아름다운 날, 한 사내가 파리의 거리를 경쾌하게 걷고 있지요. 하늘이 그의 것이고 강이 그의 것이고 오랜 친구가 그의 것이죠. 하늘, 강, 오랜 친구가요. 눈앞의 건물이, 문이, 얼굴이 그의 것이고, 당신 주느비에브 아브라모비츠가 그의 것이죠(하지만 그는 그 사실을 몰라요)." 자네는 퇴장한 걸세, 레오, 실패가 승리하기 전에 말일세. 요컨대 세상이 거의 무無로 축소된 거야. 평생 동안 내 친구 리오넬은 로지에 가와 파라데 가 교차로에 있는 밤나무를 응시했어요. 매일, 매 계절 리오넬은 그런 관심을 받을 가치가 전혀 없는 그 오만하고 가증스러운 나무를 응시했어요. 그 나무는 끊임없이 그에게 말했죠. 난 네 집 창가에서 웅크리고 있는 너에게 눈곱만큼도 관심이 없어. 난 너보다 훨씬 앞서 살았고, 네가 가고 난 한참 후에야 쓰러질 거야. 난 모든 면에서 너보다 우월해. 내 슬픔은 슬픔이 아니고, 내 헐벗음은 헐벗음이 아니며, 그 무엇도 나를 소모시키지 않아. 나는 아무것도 기다리지 않아, 나는 네가 딱해. 영원히 안녕, 유대의 곡조들아, 너희는 너무 불길하구나. 내 사위는 내 장례식에 이 음악을 틀겠지. 오늘 밤 우리 유쾌해지기로 해요, 주느비에브. 〈푸가의 기법〉을 아세요? 콘트라푼크투스 13번, 열세 번째 푸가! 하나의 삶 전체가 노래로 불리고 춤으로 추어졌어요. 설명할 수는 없지만 나의 삶 전체가 그

춤과 노래 속에 있어요. 내가 멍해질 때든 만족할 때든, 패배할 때든 회복될 때든 설명할 수는 없지만 저 곡은 언제나 내게 기쁨을 가져다주었죠. 가구들이 저렇게 방 한구석에 밀어붙여져 있는 것을 보니 우습군요. 마치 내 인생의 대차대조표가 이미 정리된 것 같아요. 오랫동안 나는 저 서재용 사다리 위에 올라가 화살 맞은 인디언 역을 했답니다. 내 키 정도 되는 높은 곳에서 고꾸라지는 것만으로는 부족했어요. 아이들에게는 바위가, 절벽이, 긴 단말마가 필요했죠. 사물의 덧없음이라니. 난 25년 전부터 저 사다리 위로 올라가지 않았어요. 인디언 놀이를 하기 위해서든 책을 꺼내기 위해서든 말이에요. 지금 당신에게 화살 맞은 인디언 역을 해보여드릴까요, 주느비에브? 한 가지 위험은 지금 제 상태로 보건대 그 어느 때보다도 잘할 것 같다는 거예요. 걱정하지 마세요. 어쨌든 저 사다리는 계단이 두 단뿐인걸요. 이 놀이의 백미는 내가 바닥에서 몇 차례 경련을 일으키는 부분이에요. 아이들은 마지막으로 근육을 부르르 떨며 죽는 걸 무척 좋아하죠. 저는 아이들이 특별한 친구를 데려왔을 때만 그걸 했어요. 제 친구들에게 보여주세요. 친구들에게 보여주세요, 아빠가 어떻게 죽는지를요! 아이들은 사정했지요. 자 이제 제가 당신에게 제가 어떻게 죽는지 보여드릴게요, 주느비에브.

근원으로 거슬러 올라가는 이런 전진!

일흔 살을 넘긴 한 사내가 아들에게 긴 이야기를 시작한다. 그가 170여 쪽만큼 떠들어대는 동안 아들은 한마디도 대답하지 않는다. 이 책의 주인공 사뮈엘 혼자서, 너는 이렇게 생각하겠지, 이렇게 말하겠지, 하고 아들의 속내를 짐작할 뿐이다. 말이 나왔으니 하는 얘긴데, 사뮈엘은 하나뿐인 아들과 사이가 좋지 않다. 장성한 아들은 그의 곁을 떠나 하릴없이 세계 이곳저곳을 떠돌다가 아주 오랜만에 집에 다니러 온 참이다. 사실 사뮈엘이 불화하는 건 아들뿐만이 아니다. 하나뿐인 딸, 두번째 아내 낭시, 가정부 다시미엔토 부인, 이혼한 첫 아내, 오랫동안 좋은 친구였던 아르튀르, 이 책에 등장하는 주요인물 중 절반 이상과 불화한다.

사뮈엘이 좋아하는 건 정원, 자기 집 창가에서 밖을 내다 보는 친구 리오넬, 그리고 세상을 떠난 리오넬의 사촌 레오 펭슈, 레오 펭슈가 사랑했던 여자 주느비에브의 웃음, 친구 르네 부부, 진부함에 매몰되지 않은 기개, 격렬한 감정, 바흐의 〈푸가의 기법〉 중 콘트라푼크투스 14번, 미완성이 아니라 끝나지 않는 삶.

그는 대답 없는 아들에게 이야기를 이어나간다. 매일같이 그를 조여오는 세상에 대하여, 그 조여듦에 맞서 끊임없이 싸웠지만 소용이 없었다고, 시작부터 진 싸움을 할 수밖에 없는 이유는, 전쟁은 그게 어떤 거든 안락보다 우위에 있기 때문이라고, 첫 번째 아내와 헤어지게 만든 여자와의 관계에 대하여, 그 여자가 있던 장소가 왜 그의 유형지였는지에 대하여 말하면서 한 여자에 빠지는 건 늦을수록 좋다는 충고도 잊지 않는다.

그는 어떻게든 아들의 반응을 끌어내려 애쓴다. 아들이 자신의 적수이기만 해도 얼마나 좋겠느냐고, 사악할 정도로 연약한 아들의 무기력 속에서 눈에 띄는 건 무관심과 거짓 겸손뿐이라고. 그리고 인정한다. 자신은 삶이라는 게임에서 졌다고, 최근 만사가 둔화되고 있다고. 평범한 죽음이 그가 있던 자리를 차지할 거라고. 자신이 관심을 갖는 건 그가 무로 돌아가리라는 사실이라고.

그는 아들의 눈 속에서 아들의 몰이해와 그 자신의 노쇠를 읽는다. 포기를 읽고 고독을 확인한다. 그러면서 생각한다. 아들에게서 거슬렸던 것은 그 고요한 시각이 아니라 그것을 사람들에게 주장하면서 쾌감을 느끼는 바로 그 점이었다고. 그리고 마음먹는다. 먼저 세상을 떠난 친구가 사랑했던 여자와의 우연한 만남에 대해 자세히 이야기하기로.

2017년 가즈오 이시구로가 노벨문학상을 받았을 때, 그의 책 다섯 권을 우리말로 옮긴 역자로서 그의 수상을 예견했었느냐는 질문을 많이 받았다. 그리고 혹시 지금 번역하고 있는 작가 중에 미래의 노벨상 수상자를 꼽을 수 있느냐는 질문을 받고는, 조금쯤 외롭게 그의 작품들을 번역하던 시절과 더불어 당시 네 권 째 번역하고 있던 야스미나 레자를 떠올렸다. 사실 상이 중요한 것은 그 자체가 아니라 우리가 모르고 지나쳤을 수도 있는 재능을 상이라는 검증으로 인해 환기 받게 된다는 점에서다. 이시구로와 더불어 삶을 횡단하는 일의 기쁨을 더 많은 이들과 나눌 수 있게 되었음을, 그리고 꼭 상이 아니더라도 야스미나 레자와 더불어 그럴 수 있으리라는 것을 의식했다. 사실 문장의 길이와 상관없이 깊이와 매번 대면해야 하는 역자로서 이런 저자들을 만나는 것이 흔한 일은 아니다.

야스미나 레자는 1959년 유대계 이란인 엔지니어 아버지와 유대계 헝가리인 바이올리니스트 어머니 사이에서 프랑스 파리에서 태어나 낭테르 대학을 졸업했고 자크 르콕 드라마스쿨에서 공부한 후 작가·배우·연출가·영화감독으로 활동해왔다. 나탈리 사로트의 누보로망의 영향을 받아 전통적인 글쓰기 방식에 의식의 흐름을 구별 없이 삽입하여 소설이라는 장르 자체의 진보를 추구하는 동시에 무대를 의식하는 현장성을 페이지 위에 가져온다. 또한 유대계 혈통에 대한 인식과 관심은 작중인물을 통해 또렷하게 드러나 프랑스 문학 속에 녹아든 새로운 유대문학의 가능성을 열어준다. 1987년 희곡 〈장례식 후의 대화〉로 몰리에르 상을 받았고, 1980년대 후반 폴란스키가 각색한 카프카의《성》을 프랑스어로 번역했다. 1990년 〈겨울 횡단하기〉로 역시 몰리에르 상을 받았다. 1994년 희곡 〈아트Art〉가 파리에서 초연되어 역시 몰리에르 상을 받았고 15개 국어로 번역되고 상연되어 저자에게 세계적인 명성을 안겨주었다. 이 연극은 1998년 런던에서 로렌스 올리비에 상을, 뉴욕에서 토니 상을 받았다. 2009년 〈대학살의 신〉으로 토니 상을 받았고 2011년 영화화되었다. 소설로는 1997년《함머클라비어》, 1999년 이 작품《비탄》, 2013년 현장감 있는 오늘날의 커플에 대한 고찰과 결혼제도의 실상, 인간 조건의 탐색이 돋보이는《행복해서 행복한 사람들》등을 발표했고, 2016년 필멸의 삶속에서 좌충우돌하는 인물들 간의 연대성에 주목하는《지금 뭐 하는 거예요, 장 리노?(Babylone)》로 르노도 상을 받았다.

이 작품에서 주인공 사뮈엘은 행갈이 없이, 대화 표시 같은 건 대부분 생략하고, 쉼표도 찍지 않고 단숨에, 속사포같이, 빈정대며 푸념하고 한숨 쉬며 투덜거린다. 그가 위악적으로 말하는 것뿐인지 실제로 괴팍하고 악한지 판단하는 것은 독자 몫이다. 〈가디언〉에서 주목하고 있듯이, 그의 "탄식은 저자의 감수성에 의해 삶이 안겨주는 적막한 고독과 절망에 대한 그저 흥미롭기만 한 불평을 뛰어넘는 단계까지 승화되고 있다."(라첼 아스텐) 어느 편이든 간에 이 "냉정하고 암울하면서도 희극적인"(〈로스앤젤레스 타임스〉) 모놀로그는 기본적으로는 인간 조건의 한계와 섬처럼 따로따로 존재하는 사람들 간의 고독에 관한 것인 동시에, 사회적 진화과정에서 우성으로 자리 잡은 기성화 된 도덕에 대한 꼭 필요한 비판이기도 하다. 그리하여 이 모놀로그는 뜻밖의 결말에 이른다. 바흐의 푸가, 그 선율은 사뮈엘 말대로 무덤가에서 잠시 멈추었다가 이어질 것이다. 런던 지하철 공사 때 지하에 갇힌 모기들이 살아남기 위해 백배 빠르게 돌연변이를 일으켰다고 했던가. 먹먹한 결말 앞에서 문득 보후밀 흐라발의 "미래로의 후퇴와 근원으로의 전진"을 떠올린다. 삶의 지극한 불행에 민감했던 사뮈엘이라는 이 돌연변이의 형질이, 그 어디에서도 볼 수 없었던 레자식 은유와 통찰이 문학의 영토 안에서 대대로 유전되기를!

번역의 원본으로는 야스미나 레자의 《Une Désolation》(1999)을 사용했고, 캐롤 브라운 제인웨이Carol Brown Janeway(1944-2015)가 영어로 번역한 영어본 《Desolation》(2003)을 참고했다. 에딘버러에서 태어나 뉴욕에서 활동한 제인웨이는 베른하르트 슐링크와 산도르 마라이의 작품을 영어로 옮긴 번역자이자 출판인이었는데, 그녀가 고른 작가들은 번역자의 취향을 보여준다. 실제로 이 작품 《비탄》에 대해 탁월한 리뷰를 쓴 어떤 영어권 독자는 자신이 야스미나 레자의 작품을 집어든 것은 순전히 캐롤 브라운 제인웨이의 번역서들 중에 있었기 때문이라고, 그리고 이제 우리 시대 중요한 저자를 한 사람 더 알게 되어서 기쁘다고 털어놓는다. 역자로서는, 음의 자락을 다른 음이 밟는 듯한 오르간 소리를 좋아한 적이 없었는데, 야스미나 레자가, 아니 이 책의 주인공 사뮈엘이 환기해준 바흐의 콘트라푼크투스 14번을 헬무트 발햐의 오르간 연주로 듣고 또 들었다. 이렇게 전염될 수 있는 게 취향일진대, 이제 한국어판 번역자의 취향이 부디 그대에게 가닿기를. 그리하여 우리 시대 가장 흥미로운 작가 중 하나를 만나는 기쁨을 갖게 되기를!

2018년 7월

김남주

비탄

첫판 1쇄 펴낸날 2018년 7월 13일

지은이 | 야스미나 레자
옮긴이 | 김남주
펴낸이 | 박남희

종이 | 화인페이퍼
인쇄·제본 | 한영문화사

펴낸곳 | (주)뮤진트리
출판등록 | 2007년 11월 28일 제2015-000059호
주소 | 서울시 마포구 토정로 135 (상수동) M빌딩
전화 | (02)2676-7117 팩스 | (02)2676-5261
전자우편 | geist6@hanmail.net
홈페이지 | www.mujintree.com

ISBN 979-11-6111-020-2 03860

* 책값은 뒤표지에 있습니다.